ड्राईगन

रहस्य-रोमांच से भरपूर लघु-उपन्यास

ड्राईगन

लेखक

दिनकर

झारीसन प्रेस एण्ड पब्लिकेशन्स

ISBN- 978-93-81918-28-9

संस्करउण
2023

मूल्य
325.00

प्रकाशक : झारीसन, प्रेस एण्ड पब्लिकेशन्स
आई–2 / 16, अंसारी रोड, दरियागंज, नई दिल्ली–110002
फोन : 23279853

मुद्रक : पराग प्रिंटिंग सर्विस, नई दिल्ली–48 द्वारा शब्द संयोजन एवं शर्मा प्रिंर्टस, दिल्ली–110094 में मुद्रित ।

DRIGUN (Detective Novel)
by Dinkar

भूमिका

प्रिय दोस्तो,

हम सभी न जाने कौन-कौन-सी भूलभुलैयां में गोते लगा रहे हैं। जीवन के इस सफ़र में रोजाना देखने को मिलता है—लोग जन्म लेते हैं और मरते भी हैं। आखिर जन्म लेने के पूर्व, हम कहां थे? तथा मृत्यु के बाद हम सब कहां होंगे। इस जटिल प्रश्न का उत्तर मनुष्य वर्षों से खोजता चला आ रहा है, किंतु इसका उत्तर उसे सही रूप में मिल नहीं पा रहा है, जबकि जो जन्म लेता है, उसका अंत निश्चित है। दुनिया का मानना है, आत्माएं अविनाशी होती हैं। अस्तु, यह सोचने की बात है आखिर आत्माएं ही अविनाशी क्यों होती हैं? इन प्रश्नों को लेकर हमेशा से मनुष्य उलझा हुआ है।

इस उपन्यास में सुने गए तथा लोकज्ञात कथनों पर आधारित प्रेतात्माओं का ही जिक्र किया गया है। आत्मा और प्रेतात्मा में क्या अंतर है? एवं आत्माओं की अपेक्षा प्रेतात्माओं का महत्त्व क्यों हो जाता है? इन सारे सवालों को लेकर सुने-सुनाए टूटे-फूटे शब्दों को बुनकर काल्पनिक ढंग से लिखी गई कथा ही उपन्यास के रूप में प्रस्तुत की गई है। मुझे यहां आत्मा-प्रेतात्मा से संबंधित तमाम बातों पर पूरा विश्वास है। मुझे पूरा यकीन है कि मेरी इस रचना को पढ़कर पाठक अवश्य प्रसन्न होंगे। मैंने दिल की गहराइयों में डूबकर इसे लिखा है। दिल की बात दिलबर ही जान सकते हैं। ऐसे पाठक जो बड़े दिलपजीर

हैं तथा आत्मा-प्रेतात्मा के अस्तित्व में विश्वास करते हैं और अपने बुजुर्गों की प्रेतात्माओं का आशीर्वाद लेने के लिए सारे शुभ कर्म करते रहते हैं, व्रत रखते हैं, श्राद्ध करते हैं, उनकी स्मृति में अच्छे लोक-कल्याणकारी कार्य करते हैं, वे अवश्य इस रचना से जुड़ना पसंद करेंगे। परस्पर एक दिल की बात दूजा दिल ही समझ सकता है, लेकिन जिनके पास दिल ही न हो, उनके लिए तो हमारे पास कोई शब्द ही नहीं हैं।

यह मेरा प्रथम प्रयास है पर मुझे विश्वास है कि सुधि पाठकगण इसका स्वागत कर मेरा उत्साह बढ़ाएंगे और मुझे भविष्य में भी बेहतर लिखने के लिए प्रेरित करेंगे।

आपका
दिनकर

(1)

इस चढ़ते दौर की दुनिया में कौन नहीं चाहता कि उसकी ज़िंदगी खुशहाल और रंगीन हो। किंतु हालात ज़िंदगी में ऐसा मोड़ ला देते हैं कि जीवन जीते-जी नरक के समान हो जाता है। जीवन की गाड़ी ठीक तरह से समगति पर दौड़ रही होती है कि अचानक कोई चौराहा सामने आ जाता है। झटके से हम रुक जाते हैं और फिर बौराए से सोचते हैं कि किस दिशा में बढ़ें, किस दिशा में जाएं, थोड़ी देर के लिए कुछ सूझता ही नहीं है।

जब जीवन के पहिए सरलतम ढंग से चल जाएं तो ज़िंदगी का निर्वाह भी हसीन ढंग से हो जाता है और हमारे लिए यह जीवन तब चंद पलों का होता है एवं हमें पता भी नहीं चलता कि ज़िंदगी की इतनी लंबी अवधि कब गुजर गई, लेकिन बदकिस्मती से ये सारी बातें न हों तो वही ज़िंदगी बहुत लंबी और घुटनभरी हो जाती है। बिना किसी रुकावट के सीधे-सादे तरीके से ज़िंदगी की गाड़ी चलती रहे तो ज़िंदगी का मज़ा ही कुछ और है, लेकिन उसमें ब्रेक लग जाए, रुकावटें आने लगें तो परेशानी बढ़ जाती है।

वर्षों पूर्व हैमथिंग नामक गांव में रह रहे एक खुशहाल परिवार के साथ भी कुछ ऐसा ही हुआ था। वक्त का तूफ़ान ऐसा उमड़ा कि उसने उस परिवार को तिनकों की तरह बिखेर दिया। उस परिवार में रह रहे तीन बच्चों को छोड़, उसके माता तथा अन्य परिजनों सहित बच्चों के पिता भी कब्र की गोद में सदा के लिए सो गए। आप समझ सकते हैं, जो मां अपने बच्चों की अगुंलियां पकड़ उन्हें चलना सिखाती हो और पिता उन्हें दुनिया से लड़ना, चुनौतियां स्वीकार करना तथा वे उस परिवार का

पालन-पोषण करते हों और भला जब वे दोनों ही मृत्युलोक को छोड़कर चल बसें तो उस परिवार का क्या हाल होगा?

मां तथा पिता के न रहने से घर का सारा बोझ सीधे बड़े भाई के कंधों पर आ जाता है, और जब बड़ा भाई भी इस बोझ का भार वहन करने योग्य न हो तो सोचिए कि उस घर में चूल्हा जल सकता है क्या? नहीं न! किंतु समय के गुजरे हालात को देखते, वह नवजात बालक अपनी उम्र की सारी सीमाएं तोड़कर उस बोझ का भी पहाड़ जैसा भार वहन करने के लिए तत्पर हो गया, क्योंकि वह दुनिया के रीति-रिवाजों और अपनी बेबसी को भली-भांति समझ चुका था कि ज़िंदगी की राहों में ग़म के बाद सिर्फ़-और-सिर्फ़ खुशियों का ही मेला है और इसी कड़वी सच्चाई के लिए, वह कांटे भरे रास्तों पर भी खुशी के गीत गाता बढ़ता चला गया कि आखिर दुःख की काली घटाओं के बाद सुख की तेज़ रोशन-किरण भी ज़रूर मिलेगी ही। पर कौन जाने ज़िंदगी की हक़ीकत क्या है?

सच्चाई और ईमानदारी भरे रास्ते पर चलते हुए उस बालक ने अपनी उम्र के बीस वर्ष गुजार दिए तथा वह 'ड्राईगन' नाम से प्रसिद्ध हुआ एवं उसकी बहन 'अलिशा', जो उससे उम्र में दो वर्ष ही छोटी थी, वह भी अपने दोनों भाइयों के साथ कदम-से-कदम मिलाकर हर तरह की मुसीबतों का सामना करते हुए जीवन की चुनौतियों से जूझती रही, और इस तरह उन अनाथ बालकों ने बचपन के सारे दुःख एक-दूसरे के आंसू पोंछते हुए गुजार दिए।

जॉन अपने तीनों भाई-बहनों में सबसे छोटा था। वह खासतौर पर अलिशा का आज्ञाकारी बना रहा, क्योंकि ड्राईगन घर का खर्च चलाने हेतु घंटों देर रात तक घर से बाहर रहकर टैक्सी चलाता रहता और इस काम से उसे जो कुछ भी आमदनी होती उसे जॉन की पढ़ाई और घर के खर्चों में लगा देता, और जो कुछ बच जाता तो उसे अलिशा की शादी हेतु जोड़ता चला जाता था। लेकिन महंगाई पहले की अपेक्षा आसमान छूती जा रही थी और देखा जाए तो बढ़ते दौर की दुनिया में पढ़ाई भी उतनी ही महंगी होती चली जा रही थी, इसलिए अब बचत कर पाना मुश्किल था।

ड्राईगन अपने भाई को उचित-से-उचित शिक्षा देने का सपना संजोए था, पर पैसों के अभाव के कारण सपनों को टूटता देख उससे रहा न गया

और कदाचित् समय की तेज़ बहती धारा को देखते हुए वक्त की ज़रूरत समझकर उसने देर रात तक गाड़ी चलाना शुरू कर दिया।

अब वह गांव से चालीस मील दूर शहर जा-जाकर, अपने रोज़गार की खातिर टैक्सी दौड़ाने लगा। रात का तीसरा पहर होने से पूर्व ही अपने गांव को लौट आता।

ड्राईगन साहसी होने के साथ-साथ एक नेक इंसान भी था। न किसी से वैर रखना और न ही किसी की निंदा करना, वह अपने काम से मतलब रखता था। उसे दुनिया के जंजाल से कोई वास्ता नहीं था। सूर्योदय से पहले जागना और दैनिक कार्यों से निवृत्त होकर अपने काम में लग जाना उसकी आदत थी। जब वह घर से बाहर अपने काम पर चला जाता तो घर की सारी जिम्मेदारियां उसके छोटे भाई जॉन के ऊपर होतीं, तब घर के भीतरी कार्यों को छोड़, बाहर के सारे कार्यों को जॉन ही संभालता, क्योंकि बड़ा भाई ड्राईगन तो देर रात गए शहर से लौटता था और इन पलों के बीच अलिशा के साथ सिर्फ़ छोटा भाई जॉन ही गांव में घर पर होता था।

यूं तो रात ग्यारह बजने से पूर्व बड़ा भाई घर को लौट आता था, किंतु आज उसे आने में विलंब होता देख, अलिशा और जॉन की आंखें चिंता में डूबी थीं।

अलिशा बार-बार घड़ी की तरफ देखती और अगले ही पल उसकी नज़रें दरवाज़े से बाहर होतीं कि शायद अब भैया आ रहे हों। लेकिन रात्रि के ढलते पहर को देखते हुए उसके चेहरे पर चिंता की लकीरें और अधिक गहराती जा रही थीं। मानो दोनों अंदर से घुट रहे हों और साथ-ही-साथ दोनों की आंखों की पलकों पर आंसू की बूंदें उभर आई थीं। उधर घड़ी की सुईयां लगातार आगे की ओर बढ़ती ही चली जा रही थीं तथा दूसरी तरफ बुरे ख्याल भी दिल की धड़कन को धुकधुका रहे थे। दोनों की नब्ज की गति (पल्स-रेट) बढ़ गई थी।

"न जाने भैया कौन-सी मुसीबत में घिरे हैं, उन्हें वापस लौटकर आने में इतनी देरी क्यूं हो रही है?" यह सवाल दोनों को परेशानियों में डुबोए हुए था।

अलिशा लाचार और विवश निगाहों से आसमां की ओर देखती, दुआएं करती, प्रभु से मनौतियां मनाती कि अगले ही पल शहर से आने वाले रास्ते पर रोशनी का कुछ मंजर दिखा। इस बढ़ती रोशनी के मंजर

को देखकर, अलिशा की जान-में-जान आई और यथाशीघ्र आगे बढ़कर उसने यह जानने की उत्सुकता ज़ाहिर की कि यह रोशनी भैया की गाड़ी से आ रही है अथवा किसी और कारणवश यह प्रकाश फैल रहा है।

रोशनी की बढ़ती-फैलती लकीरें ज्यों-ज्यों करीब आती जा रही थीं, त्यों-त्यों आंखें भी चुंधियाती जा रही थीं। प्रकाश की धारावाह चौंध के आगे किसी भी वस्तु को पहचान पाना बहुत कठिन लग रहा था।

एकाएक वह चलती-फिरती तेज़ रोशन वस्तु समीप आकर रुक गई। अलिशा अपनी गाड़ी को पहचान कर और गाड़ी में सवार अपने भाई को अपने सामने पाकर बहुत प्रसन्न हुई। उसका चेहरा खिल उठा। वह खुदा का शुक्रिया अदा करते हुए, खुशी से झूम उठी। किंतु देखते-ही-देखते वह अपने चेहरे की रंगत बदलकर आक्रोश भरी निगाहों से अपने बड़े भाई ड्राईगन को देखने लगी, पूरी तरह गुस्से से अपनी आंखों को लाल किए अपने भैया को घूरने लगी।

ड्राईगन ने अलिशा को आक्रोश में भरा देखा तो वह सारा माजरा समझ गया कि आज की रात उसकी खैर नहीं! बहन की पैनी नज़रों की चोट किसी गहरे जख्म के दर्द से कम नहीं!! वह झट से गाड़ी का दरवाज़ा खोल बाहर निकल आया।

ड्राईगन अपनी छोटी-सी बहन के समीप बिल्कुल उस प्रकार खड़ा था, जिस तरह बच्चे गलतियां करके डर के मारे मासूमियत भरा चेहरा लिए अपनी मां के सामने खड़े हो जाते हैं।

अलिशा की आक्रोशित निगाहें अगले ही पल प्यार और स्नेह भरी रंगत में तब्दील हो गईं। इस एहसान का कारण और कुछ भी नहीं बल्कि ड्राईगन के हाथों से बहता हुआ खून एवं पसीने में डूबा उसका बदन देख, उसका सारा गुस्सा ठंडा पड़ गया था तथा वह उससे गुस्सा होने के स्थान पर, प्यार से अपने भाई का हाथ पकड़ घर की चारदीवारी में प्रवेश कर गई और उसे चारपाई पर बिठाते हुए 'मलहम' की तलाश में अलमारी की तरफ बढ़ी और कुछ ही क्षणों बाद मलहम की डिब्बी लिए वापस ड्राईगन के पास लौट आई।

चोट कोई खास गहरी नहीं थी, फिर भी खून के धब्बे थोड़े अधिक फैल चुके थे। जख्म से बहते लहू को पोंछ, पट्टी बांधती हुई, करुणा भरे

लहजे में उसने प्रश्न किया, यह सब कैसे हुआ? भैया इस प्रश्न को लेकर संकोच में पड़ गया। आखिर वह कौन-सी बातें थीं, जिनका जिक्र करने के पूर्व, उसे संकोच हो रहा था, बहन के सवाल का जवाब देने में दिक्कत महसूस हो रही थी।

ड्राईगन को गंभीरता से घिरा देख, अलिशा ने पुनः अपना प्रश्न दोहराया। किंतु वह उसके प्रश्न को टालते हुए कहने लगा, "बस यूं ही जरा-सी चोट लग गई और कोई खास बात नहीं है। ऐसी चिंता करने की कोई आवश्यकता नहीं है, मैं बिल्कुल ठीक हूं।" परंतु उसका चेहरा, यह साफ ज़ाहिर कर रहा था कि वह अलिशा से कुछ छिपा रहा है। खैर, वह बेचारी कर भी क्या सकती थी? किसी के दिल में झांककर तो नहीं देख सकती थी कि बात क्या है! उसे अपने भाई के टूटे-फूटे शब्दों पर ही विश्वास करना पड़ा। अलिशा रात्रि का भोजन भाई के सामने परोसकर, सोने के लिए अपने कमरे की ओर चल दी।

ड्राईगन यह सब कुछ जानते हुए भी अनजान-सा बना रहा था कि अलिशा मुझसे रूठी हुई है और आज जॉन भी मेरा इंतजार किए वगैर सो गया है, लेकिन वह सारा दोष अपने पर ही मढ़ते हुए अपने दिल से कहने लगा कि खुद सारी गलतियां उसी की हैं। अगर वह रात्रि के बढ़ते कदमों को देखते हुए जल्द ही घर लौट आता तो न ही उन मुसीबतों में फंसता और न ही ये दोनों उससे रूठते। खैर, इन सारी बातों को छोड़ अगर वह अलिशा को सच्चाई बता देता तो उसे पूरा विश्वास है कि वह इन सारी घटनाओं को सुलझाकर अवश्य बचाव का कोई रास्ता निकाल लेती और गुजरे हुए कल की तरह प्यार से खाना खिलाते हुई दो बातें भी करती; यूं रूठकर चली नहीं जाती।

ड्राईगन के साथ पहली बार ही ऐसा बर्ताव किया गया था कि उसके सामने भोजन परोसकर, अलिशा सोने को चली गई थी। वह मायूस होकर भोजन का एक टुकड़ा उठाकर ज्यों ही होंठों के पास ले गया, उसे स्मरण हुआ कि पता नहीं उन दोनों ने खाया भी है या नहीं, और यह सोचकर वह बिना कुछ खाए ही बिस्तर पर लेट गया। करवटें बदलता हुआ कुछ सोच-विचारकर वह एकदम उठ बैठा। उसने अलिशा को सच्चाई बताने का निर्णय ले लिया, किंतु इस वक्त तो अर्द्धरात्रि भी पार कर चुकी थी

और ऐसे समय उसे जगाना, उसने उचित नहीं समझा तथा सुबह ही इस रहस्य का खुलासा करने का फैसला लेते हुए वह पुनः लेट गया।

ड्राईगन के सामने वह खौफ़नाक दृश्य अब भी छाया की तरह दीवार पर चस्पा थी, जिसे भूल पाना मुश्किल ही नहीं नामुमकिन था। लेकिन उन दृश्यों को देखकर, उसे खुद पर यकीन नहीं हो रहा था कि वह हक़ीकत भी है या मात्र वहम् भरा एक झूठ। खैर, जो कुछ भी हो। वह पुनः-पुनः उस दृश्य पर जोर डालता और चिहुंक उठता। वह उस वक्त के बारे में सोचने लगा, जिस वक्त वह गांव को वापस लौट रहा था। शायद रात के ग्यारह बज रहे होंगे। रात्रि शांत होने के साथ-साथ डरावनी भी लग रही थी, सड़क के किनारे पेड़-पौधों की कतारें अत्यधिक गहरी और अंधेरों में डूबी हुई थी। कहने को जिस रास्ते वह गांव को वापस लौट रहा था, वह रास्ता घने जंगल को पार करते हुए गुजरता था तथा भूल से भी उस रास्ते पर कोई नहीं आता-जाता था। इस घने जंगल के बीच वर्षों पुराना कोई महल या किला है, जिससे अजीबों-अजीब एवं खौफ़नाक चीखें सुनाई देती हैं, जिन्हें सुनकर रोंगटे खड़े हो जाते हैं। लेकिन यह सब दुनिया वालों का ही कहना था। ड्राईगन इन सारी बातों पर कतई यकीन नहीं करता था। वह इन बातों को खारिज कर कुछ और ही मानता था। वैसे तो शहर से गांव लौटने के लिए दो रास्ते बने थे—एक जंगल से होकर, तो दूसरा बस्ती और गांव को पार करते हुए 'हैमथिंग' की ओर गया था। किंतु वह जंगल से गुजरने वाले रास्ते को ही अधिक छोटा, सुविधाजनक एवं अत्यधिक पसंद करता था, क्योंकि बस्ती वाले रास्ते की अपेक्षा वह ज़्यादा सुविधाजनक और कम दूरी तय करने वाला रास्ता था। इसलिए वह जंगल के रास्ते से ही आवागमन करता था। अलिशा के लाख मना करने पर भी उसकी बातों को अनसुना कर वह अकसर जंगल के रास्ते से ही आया-जाया करता था, जिसका परिणाम आज उसकी आंखों के सामने था।

जब गाड़ी की खिड़कियां खोल कोई मीठी-मीठी फिल्मी धुन गुनगुनाता, हवा के झोंकों का लुत्फ उठाते हुए वह गांव को वापस लौटता था तो उसे अलिशा और गांववालों की सारी बातें बकवास लगतीं। वह ऐतिहासिक नज़र से सोचता, प्रकृति के इतने सुंदर स्थल को लोग न जाने क्यों वहम् की दृष्टि से देखने लगते हैं और खामोश होकर ख्वामखाह ही

डरने लग जाते हैं। मैं तो रोज इस जंगल के रास्ते से गुजरता हूं, किंतु आज तक तो भटकती हुई प्रेतात्मा जैसा कोई शख्स मैंने कभी नहीं देखा। न जाने क्यों वह किलेनुमा एक हवेली फरेब भरे भय और वहम् में तब्दील हो गई है? यहां तक कि लोग उस हवेली का नाम सुनकर भी डरते हैं।

इस तरह के सवाल उसके ज़ेहन में अक्सर करवटें बदलते रहते थे, वह इस रहस्य की तह तक पहुंचने की चाहत भी रखता था, किंतु गृहस्थ जीवन से जकड़े होने के कारण वह ऐसा करना ज़्यादा मुनासिब नहीं समझता था और चाहकर भी अपनी इच्छाएं दबाए रखता था।

चांदनी रात की दूधिया रोशनी, जंगली पेड़ों के पत्तों पर टिमटिमाते हुए जुगनू, ऐसा लग रहा था मानो आसमां के तारे धरती पर उतर आए हों।

रात के शांत वातावरण में फिल्मी संगीत के स्वरों को छेड़ता एवं जंगल के सौंदर्य को निहारता वह पूरी प्रसन्नता के साथ प्रकृति की सुंदरता की तारीफ़-पर-तारीफ़ करते हुए मंथर गति से ड्राइविंग व्हील घुमाता चला जा रहा था। लेकिन उसे क्या पता था कि प्रकृति की इस सुंदरता के पीछे भी कुछ खौफ़नाक रहस्य छिपा है। कुछ घटित होता रहता है, जो आज उसकी आंखों के सामने आकर उतरने वाला है।

एकाएक उसकी चलती-फिरती गाड़ी के सामने एक अनजान-सी स्त्री आ खड़ी हुई। ड्राईगन ने ऐसे मुकाम को देख यथाशीघ्र ब्रेक को कसकर दबाया। परिणाम, बस गाड़ी एक झटके से उस औरत के समीप जाकर रुक गई। लेकिन यह क्या? जब उसने नज़रों को ऊपर उठाकर गाड़ी से बाहर देखा तो वहां इंसान तो दूर की बात, किसी की परछाईं तक नज़र नहीं आई। वह एकबारगी ही आश्चर्य-मिश्रित भाव से चिहुंक उठा।

ड्राईगन थोड़ी देर तक चिंताओं के भंवर में डूबा रहा कि आखिर इतनी रात गए एक युवती भला इस सुनसान जंगल में क्या कर सकती है। अगर किसी कारणवश वह भटकती हुई जंगल तक आ भी गई होगी तो इतनी जल्दी वह एकदम कहां चली जाएंगी। मैं अवश्य किसी भ्रम में फंस चुका हूं, जिसके फलस्वरूप ऐसा प्रतिबिंब मेरी नज़रों के सामने आ रहा है। उसने मन-ही-मन तर्क-वितर्क करते हुए 'एक्सीलेटर' पर पांव दबाया और इस दृश्य को, वहम् की झुकी नज़रों से देख अपने ज़ेहन से बाहर निकाल उसी वेग से गाड़ी को हांकता आगे की ओर बढ़ चला।

वह कुछ दूरी और सफ़र तय कर पाया होगा कि वही खौफ़नाक दृश्य पुनः उसके सामने आ खड़ा हुआ। सफेद लिबास में धीमी चाल से सड़क के बीचोंबीच वही स्त्री उसकी गाड़ी के आगे-आगे चल रही थी।

उसे पहली नज़रों में यह विश्वास ही नहीं हो रहा था कि जो कुछ उसकी आंखें देख रही हैं वह हक़ीकत भी है या एक फरेबभरा झूठ। लेकिन सच्चाई पर पर्दा कब तक डाला जा सकता है, आखिर सच्चाई तो सच्चाई ही होती है। वह गाड़ी का भोंपू बजाकर पास मांगता आगे बढ़ने की कोशिश करता। लेकिन यह क्या? वह स्त्री बीच रास्ते में रुककर खड़ी हो गई, एकाएक पीछे की ओर मुड़ती हुई अपनी नज़रें गाड़ी में बैठे ड्राईगन पर घूरती/ गड़ाती हुई वह सड़क के किनारे झाड़ियों की तरफ बढ़ चली।

इंसान कितना भी निडर क्यों न हो, एक नारी के ऐसे रूप को देख उसके भी रोंगटे तुरंत खड़े हो जाएंगे। किंतु ड्राईगन ही एक ऐसा पहला शख्स था, जो ऐसे दृश्य को देखकर घबराया नहीं, उसकी इच्छा इसके कारण को जानने की हुई तथा पूरी गंभीरता के साथ वह इस पहलू पर कुछ सोचने लगा। उसने खुद से प्रश्न किया कि आखिर क्या रहस्य है जो एक स्त्री इस तरह अकेली इस जंगल में भटक रही है। कहीं ऐसा तो नहीं कि गांववाले जो कहते हैं वह बिल्कुल सच ही हो।

इस तरह के प्रश्नों का उत्तर पाने की ललक में, उसकी उत्सुकता, उस स्त्री का पीछा करने की हुई। वह युवती झांड़ियों के पीछे रास्ते को पकड़कर जा कहां रही है? कौन है यह स्त्री? एवं अलिशा जो कुछ कहती है क्या वह सही है या ग़लत? या फिर गांव के लोग अपनी वहम् की बुनी चादर से ढंके होने के कारण, अपने पूर्वजों द्वारा बनाई गई किलेनुमा हवेली की अमानत को खौफ़ की दृष्टि से देख यूं ही बेवजह डरते रहते हैं? मैं आज इस रहस्य का खुलासा कर दूध-का-दूध और पानी-का-पानी कर दूंगा। आज इस रहस्य पर से पर्दा उठाकर ही दम लूंगा। ऐसा सोच उसने गाड़ी को रोक दिया।

समयानुसार उसने इन ख्यालों को सोचने में न ही कोई वक्त जाया किया और न ही अपने निश्चय को हक़ीकत में बदलने में किसी तरह का विलंब किया। वह यथाशीघ्र गाड़ी को एक तरफ खड़ा कर, तेज़ कदमों से उस स्त्री के पीछे दौड़ पड़ा। चांदनी रात की तेज़ रोशनी रात के

अंधेरेपन को काटती अपनी खामोश पर खौफ़नाक छटा बिखेर रही थी। छोटे-बड़े टिमटिमाते तारे आसमां में मोतियों की तरह बिखरे पड़े थे। ठंडी-ठंडी तेज़ हवा पेड़-पौधों के बीच सांय-सांय की आवाज़ करती एक अनजाना-सा खौफ़ मचाए सिहरन पैदा कर रही थी। ऐसा लग रहा था, प्रकृति कोई खतरनाक खेल खेल रही हो। परंतु ड्राईगन सच की तलाश में लगातार उस स्त्री के पीछे लगा रहा और साथ ही वापस लौटने के लिए वापसी का रास्ता भी अच्छी तरह से अपने जहन में नक्शबंद करता चला जा रहा था।

ड्राईगन इन शब्दों के जरिए अपनी हिम्मत को बढ़ाए था कि डर का नाम ही वहम् है तथा डरना किस बात का; आखिर मेरे अंदर भी एक आत्मा है और एक आत्मा भला दूजी आत्मा से डरे क्यों? परंतु सवाल डरने का नहीं, सवाल था वह अब तक प्रेतात्माओं के खौफ़ को समझ नहीं पाया था। कथाचित् वह इन सारी बातों से पूरी तरह अनजान था, अगर इन सारे सवालों से वाकिफ़ होता तो मेरी समझ में वह कभी इन जंगलों के रास्ते नहीं गुजरता। वह आत्मा, जो शरीर के बंधनों में कैद होकर मनुष्य की सामान्य गतिविधियों से चलती हो और एक वह आत्मा जो शरीर के चंगुल से आज़ाद होकर सुनसान जगहों पर भटकती मनुष्य की रगों में दौड़ते, उसी के गरम लहू की प्यासी हो तो दोनों आत्माओं में फर्क तो है ही। वैसे प्रेतात्माओं की हम आत्मा से तुलना नहीं कर सकते। सच क्या है? प्रेतात्मा किस शख्स का नाम है? इस तरह के सवालों का उत्तर उसके पास नहीं था, इसलिए वह प्रेतात्माओं के खौफ़ को समझ नहीं पाया और न ही कभी किसी भटकती रूह ने उसे सताया था। शायद इसलिए उसके दिमाग में इस तरह की सोच थी कि आत्मा और प्रेतात्मा में कोई अंतर नहीं होता, परंतु सच कुछ और ही था।

वह युवती झाड़ियों को पार करती ऊंची-नीची पथरीली जगहों पर एक ही समान चाल से चलती हुई एक ओर चली जा रही थी। उसकी चाल को देखकर ऐसा आभास हो रहा था कि उसके कदम इन तमाम रास्तों को अच्छी तरह जानते-परखते हैं।

ड्राईगन पेड़-पौधों की ओट का सहारा लिए हुए छुप-छुपकर उसका पीछा करता चला जा रहा था। जंगल के पथरीले रास्तों पर चलना एवं

पैरों में सुई चुभोना दोनों का दर्द लगभग एक समान ही होता है। अर्थात् जंगल के रास्ते नुकीले पत्थरों तथा कंटीली झाड़-झंखाड़ भरी पगडंडी पर चलना अपने आप में सागर की गहराई को मापने से कम दुष्कर कार्य नहीं है। रात और भी सन्नाटा बुनती चली जा रही थी। खामोशी इस हद तक छा चुकी थी कि खुद की धड़कने खुद को ही सुनाई दे रही थीं और ऐसी जगहों पर आदम और आदमजात का निवास तो सपनों में भी देखना मुश्किल ही होगा। यहां तो सिर्फ़ उन भटकती रूहों या फिर उन काली शक्तियों का ही वास हो सकता है जो रात के अंधेरों में जागकर रात्रि के अंधेरेपन तथा सारे माहौल को भय, डर, आतंक और किसी प्राणघातक अजूबों से जरखेज कर देती हों और गहरा देती हों।

ड्राईगन उस स्त्री का पीछा करते-करते थक कर चूर हो चुका था। उसके जिस्म में इतनी ऊर्जा नहीं बची थी, जिससे वह और आगे बढ़ सके। किंतु इस रहस्य की तह तक पहुंचने की इच्छा की डोर अभी नहीं टूटी थी, इसलिए वह अपनी देह की शेष ऊर्जा संचित कर आगे बढ़ चला।

समय का पहिया अपनी मंथर गति से घूम रहा था। रात ढलते पहर की ओर लुढ़कती चली जा रही थी। सारी दुनिया बेखुदी के आगोश में दामन थामे चादर तान सोने की तैयारी कर रही थी। और भला वह बेचारा ड्राईगन झूठ और सच की परख में डरावने जंगलों के बीच भटक रहा था।

अंधेरी रात खामोशी में डूबी सन्नाटे की अंधियाली में, पैरों की आहट और सांस लेने की झिंगुरिली आवाज़ पूरे वातावरण को भयावह तथा रहस्यपूर्ण बना रही थी।

बादलों के बीच चमक रहा चांद एवं उसकी खुद की परछाईं के सिवा ड्राईगन का साथ कोई और नहीं दे रहा था। खैर, ड्राईगन उस चांद का एहसान मंद था जिसकी मद्धिम रोशनी के सहारे, अपने कदमों को संभालता वह आगे की ओर बढ़ा चला जा रहा था। अब वह वक्त बहुत नज़दीक आ चुका था, जिसकी मनोकामना लिए वह आधी रात में ही जंगल के अनजान रास्तों पर उतर पड़ा था।

हवेली ठीक उसके सामने थी और वह चंद कदमों की दूरी पर ही था। हवेली की विशालता और भव्यता देखते ही बनती थी। मानो कभी गए वक्तों का कोई राजमहल हो। किंतु समय की मार ने, काल प्रवाह

ने आज तक कब-किसे छोड़ा है, जो हवेली की सुंदरता को बख्श देता और यही कारण था कि हवेली की दीवारों पर काले-काले धब्बे छा गए थे और जहां-तहां छोटे-छोटे पेड़-पौधे, खरपतवार उग आए थे। परंतु हवेली की एक खासियत यही थी कि वर्षों पुरानी होने के बावजूद भी उसने अपनी सुंदरता, भव्यता बरकरार रखी थी। चांदी की एक अति प्राचीन मूर्ति हवेली के ऊपरी गुंबद पर जड़ी हुई थी और चांदनी रात के कारण खूब चमक रही थी।

एकाएक ड्राईगन के दिल की धड़कनें तेज़ हो गईं। उसके सिर पर पसीने की बूंदें उभर आईं। वह डर भी रहा था तथा अलिशा की बातें, जो अक्सर इस हवेली के बारे में वह उससे सुना करता था, उसके सामने बेपर्दा हो रही थीं। अब वह उन सभी रहस्यों का पता लगाने के लिए बेचैन भी था। लेकिन क्या किया जाए? डर, ऐसी खामोशी का नाम है, जो ऊपर वाले को भी हिलाकर रख देती है तो आम इंसानों की तो बात ही क्या है?

ड्राईगन को भूत-पिशाच, आत्मा-प्रेतात्मा—ये सारी बातें एक गढ़ी-बुनी मिथ्या कहानी जैसी लगती थीं। किंतु वास्तविकता यही है कि कभी भूल से भी उन भटकती रूहों से मुलाकात हो जाए तो सारी हक़ीकत खुद-ब-खुद सामने आ जाती है और मेरी समझ से उसके जीवन का सफ़र भी तब वहीं-का-वहीं दम तोड़ देता है और जो लोग इससे बच निकलते हैं, वाकई! सच जानिए उनकी गिनती खुशनसीबों में होती है।

वह एक पेड़ के ओट का सहारा लिए कुछ आगे बढ़ा और खुद को उस युवती की नज़रों से बचाए, छिपकर सारा नजारा देखने लगा। वह युवती किले के सदर-द्वार के बहुत ऊंचे किबाड़ की सीमाएं पार करती, हवेली की चाहरदीवारी में प्रवेश कर गई। हवेली की खिड़कियों से मशालों की मद्धिम रोशनी फूट-फूटकर बिखर रही थी। पायल एवं घुंघरूओं की आवाज़ हवेली के सूनेपन को फीका कर रही थी। हवेली एक अलग ही दुनिया बसाए थी। ऐसा लगता था कि हवेली के आंगन में गाना-बजाना हो रहा हो, किंतु कुछ ही क्षणों बाद पूरा माहौल एकदम बदलता-सा महसूस हुआ। किसी के हंसने तथा चीखने और चिल्लाने जैसी आवाज़ गूंज उठी।

ड्राईगन अपने कानों में अंगुलियां डाल तत्पश्चात् अंधेरे को चीरता कुछ और आगे बढ़ा, धीमी चाल, तिरछी निगाहें और जासूसी भरे अंदाज

के साथ, हवेली के मुख्य दरवाज़े को पार करता वह अंदर प्रवेश कर गया, किंतु उसे यहां ऐसा कुछ भी नज़र नहीं आ रहा था जिससे यह साबित हो सके कि थोड़ी देर पहले यहां गाना-बजाना भी हुआ हो और रही बात चीखने और चिल्लाने जैसी बेतुकी ध्वनियों की, तो ऐसी जगहों पर इन शब्दों की औकात ही क्या, जहां हर तरफ खामोशी-ही-खामोशी छाई हो, लेकिन ड्राईगन इन सारी होनियों को देखकर खुद से प्रश्न कर बैठा कि मेरे कान कभी धोखा नहीं खा सकते, तो फिर वे सारे लोग कहां गायब हो गए, जो थोड़ी देर पहले यहां मुजरे का लुत्फ उठा रहे थे और इस तरह सारी उलझनों को सुलझाने के प्रयत्न में खुद ही उलझता चला जा रहा था। खैर, उसे अभी हवेली के घेरे में आए दो पल भी नहीं हुए होंगे कि खतरे की घंटी सुनाई दी।

अंधेरे में दो चमकती आंखें, उसे खुद की तरफ बढ़ती दिखीं। वे आंखें किसी और की नहीं, बल्कि एक जंगली बिल्ले की थीं, जो भूखे पेट का आहार समझ, उस पर झपटने के लिए आमादा थीं। लेकिन ड्राईगन भी चौकन्ना था और इससे पहले कि बिल्ली उस पर हावी हो, उसने पूरी तैयारी के अपने हाथों को तीव्रता के साथ बिजली की गति से हवा में उठाया ओर हमलावर बिल्ली (बिलौटे) को उसने धक्का देकर दूर फेंक दिया। बिल्ली डरावनी और भयभीत कर देने वाली आवाज़ में रोती हुई हवेली की खामोशी में डरावना भयभरा जहर घोल गई, जिसके फलस्वरूप ड्राईगन भी थोड़ी देर के लिए अपनी ही धड़कनों पर काबू नहीं रख पाया और डर-सा गया। लेकिन पुनः हिम्मत को बटोरता वह छानबीन में लग गया।

खतरों से भरा अनजान सफ़र, जिसे बिना जाने और समझे-बूझे सिर्फ़ कही-सुनी बातों में आकर, इस हवेली की उलझनभरी पहेली को सुलझाने की गरज से वह यहां तक तो आ पहुंचा था, लेकिन इस पागलपन के इरादे से उठाए गए कदम का जुमार्ना उसे किस प्रकार चुकाना होगा, यह वह कतई नहीं जानता था।

अंधेरे को चीरता तेज़ कदमों से वह यथाशीघ्र उजालों की तरफ बढ़ा जा रहा था। जहां मशाल की मद्धिम रोशनी फैली हुई थी। वहां अपनी नज़रों को इधर-उधर दौड़ाता वह कुछ देखने, कुछ भांपने की कोशिश करने लगा। उसे आभास हुआ कि चारों तरफ से सनसनाती हवा पत्ते उड़ाती

हुई कुछ खास अंदाज में यहां आकर उसे अपने आगोश में ले रही है। लेकिन उसकी निगाहें उस युवती को तलाश रही थीं जो उसकी नज़रों से रू-ब-रू होकर इस हवेली में अभी-अभी आई थी, और अब उसकी निगाहों से ओझल हो गई थी। किंतु इतने बड़े महल में एक अनजान-सी स्त्री को ढूंढना अंधेरे में सुई खोजने तुल्य था। वह उस अनजान युवती को ढूंढ पाने की भरसक चेष्ठा कर रहा था। वह इतनी जल्द हार मानने वाला नहीं था। वह तो सूखी रेत से भी पानी निकाल लेने की हिम्मत रखता था, तो फिर इस छोटे से काम को करना तो उसके लिए एक साधारण-सी बात थी, लेकिन यह कहना और सोचना ग़लत होगा कि ड्राईगन निडर ही नहीं, बल्कि खतरों से बड़ा था वह मौत का खिलाड़ी था। ऐसा नहीं कि उसके दिल में डर नाम का कोई एहसास नहीं था। डरता वह भी था, भय की ग्रंथि उसमें भी थी, भयभीत वह भी था, किंतु अपनी सोच और ज़ेहन के मजबूत इरादों से अपने दिल में उठ रहे डर को दबाए वह निडरता को हासिल कर चुका था। और इसी के फलस्वरूप वह पूरे जोश के साथ हवेली का रहस्य जानने के लिए तत्परता से आगे बढ़ा जा रहा था।

मकड़ियों के जालों ने हवेली की चाहरदीवारी को पूरी तरह अपने में जकड़ लिया था। ड्राईगन जल रही एक मशाल को हाथ में लिए आगे बढ़ा। अचानक उल्लुओं का एक झुंड चिंघाड़ता हुआ उसके सिर के ऊपर से गुजर गया। क्षण भर को ऐसा लगा जैसे कि हवेली में उल्लुओं और मकड़ियों जैसी प्रजातियों का ही वास हो। परंतु जगह-जगह पर मशाल जलाने का काम तो कोई मनुष्य ही कर सकता है—मकड़े, उल्लू, चमगादड़ तो मशाल जला नहीं सकते। पर यहां तो एक भी मनुष्य नज़र नहीं आ रहा है। आखिर, 'इसके पीछे क्या वजह हो सकती है। इस बात पर गौर करता वह इसी विचार-बिंदु पर आ पहुंचा कि कहीं कदाचित् ऐसा तो नहीं कि कोई बुरा इंसान हवेली के सूनेपन का फायदा उठाकर ग़ैर-वाजिब तरीकों से अर्थात् आपराधिक तरीकों से नाज़ायज कारोबार फैलाए बैठा है और अगर ऐसा है तो वह आज हर बात का पर्दाफ़ाश कर वास्तविकता को सामने लाकर ही वह दम लेगा। इसके लिए उसे चाहे आसामं-जमीं एक करना पड़ जाए। और इस प्रकार पूरी हिम्मत के साथ, वह हर खतरे से जूझने के लिए तैयार हो गया। पर मुश्किल यही थी कि अभी तक उस

युवती का कुछ भी अता-पता नहीं चल सका था, जिसे उसने हवेली में आते देखा था। उसे समझ में नहीं आ रहा था कि उस युवती को पाताल निगल गया या फिर हवेली की खामोशी चाहरदीवारी। खैर, फिर भी हवेली की हर मंजिल का एक-एक कमरा देखता हुआ वह आगे बढ़ रहा था। तथा इतना करने के बावजूद भी उसके हाथों में उदासी और ना-उम्मीदी के सिवा कुछ और नहीं लग पा रहा था। वह मायूस होकर सीढ़ियों से चढ़ता, हर कमरे को अच्छी तरह जांचता-परखता हुआ छत तक आ पहुंचा। वहां से दूर-दूर तक सिर्फ़ जंगल के घने नजा़रे दिख रहे थे और इतना घना जंगल होने के बाद भी ऐसा कुछ नहीं लग रहा था, जिससे हम खुले तौर पर यह कह सकें कि इस जंगल में हिंसक पशुओं का भी निवास है। क्योंकि, हर तरफ सिवाय खामोशी के और कुछ भी नज़र नहीं आ रहा था तथा जिसे भांपकर हर कोई कह सकता था कि पूरा जंगल खाली पड़ा है, लेकिन वास्तविकता क्या है? अब तक किसी को कुछ नहीं पता था।

रात को और भी अधिक खामोशी की गहराई में डूबता देख उसकी नज़र अपनी कलाई घड़ी की सूईयों पर आ टिकी।

समय की बहती धारा ग्यारह की सीमाएं लांघती, बारह बजाने को उतावली थी। दूर हवेली की छत से रंग-बिरंगे खिले कमल के फूल और जंगल के बीच तालाब में तैरते हंस चांदनी रात में उसकी नज़रों के सामने एक समां बांध रहे थे।

तालाब के ठहरे हुए जल में चांद और तारों का झिलमिलाता प्रतिबिंब बहुत सुंदर और मनमोहक लग रहा था, जिसे देखकर उसकी नज़रें उस प्राकृतिक सुषमा पर से हटती नहीं थीं, यहां सुंदरता में खोने नहीं, बल्कि एक जासूस की भांति हर रहस्य का पर्दाफाश करने वह आया था, जिसे जल्द-से-जल्द पूरा कर उसे वापस घर भी लौटना था। पर कौन जाने, वह वापस अपने घर लौट सकेगा भी या नहीं। खैर, उसकी नज़रों से अब एक ही कमरा बचा था, जो ठीक छत के कोने में बना था तथा बंद किवाड़ से रोशनी की मद्धिम झांस भी आ रही थी।

ड्राईगन दबे पांव आगे बढ़ा और अपनी अंगुलियों की हलकी-सी हरक़त से बंद दरवाज़े को खोल दिया।

भारी-भरकम किबाड़ के उस जाम फाटक से उठी ध्वनि की डरावनी आवाज़ ने भयभीत हृदय को और भी उतावला कर दिया और इसी के साथ अपनी धड़कनों को दबाए वह आखिरी आस लिए उस कमरे के अंदर प्रवेश कर गया कि शायद वह युवती यहां छिपी हो। किंतु जिस खोज की चाह में उसने कमरे के अंदर प्रवेश किया था, वह चाहत तो पूरी न हो सकी। अलबत्ता, कमरे की शीतलता और सजावट को देख उसकी तारीफ़ किए बगैर रह पाना मुश्किल हो गया। किंतु अगले ही पल उसकी नज़र खुली-खिड़कियों से बाहर आसमां पर गुजरते चांद की खूबसूरती पर पड़ी।

बादलों में छिप-छिपकर आंख-मिचौली खेलते चांद का प्रतिबिंब ठीक इस कमरे के अंदर बीचोंबीच टंगी एक शीशे की पेंटिंग पर पड़ रहा था, जिसके परिणाम स्वरूप बस पूरा कमरा जगमग कर रहा था तथा उजास से घिरा दिख रहा था। इस दृश्य को देखकर ऐसा प्रतीत हो रहा था मानो चांद ने स्वयं कमरे में आकर चांदनी की दिल फ़ना कर देने वाली रोशनी से पूरे कमरे को ढंक दिया हो। इसे देखकर उस कमरे की तारीफ़ करने को उसका दिल बेचैन हो उठा था। परंतु ड्राईगन की आंखों ने इन सभी दृश्यों को देखकर, उसे यह सोचने पर भी विवश कर दिया कि आखिर जब समय का धारा-प्रवाह इस हवेली की छत की पत्थर जैसी कठोर वस्तु में भी दरार ला सकता है, तो फिर इस कमरे की सजावट में क्या रखा है, जो वक्त की चोट भी इसका कुछ नहीं बिगाड़ सकी। यहां तक कि खिड़कियों के पर्दों पर धूल जैसी नाचीज का भी नामो-निशान तक नहीं था और कहां मकड़ियों के जाल तमाम दूसरे कमरों को पूरी तरह ढंके हुए हैं, पर यहां ऐसा कुछ भी नहीं है। इन सभी रहस्यों के पीछे कारण क्या है?

कमरे का मुआयना करते-करते एकाएक उसकी नज़र कमरे में टंगी तस्वीरों से जा लड़ी। जहां एक सुंदर युवती एक रानी के लिबास में अपने निहायत आकर्षक व्यक्तित्व को लिए एक आदमकद चित्र में उसी तरह चित्रित थी, मानो वह तुरंत चित्र के फ्रेम से बाहर निकल उसके सामने आ खड़ी होगी। जिसे देखकर ऐसा लग रहा था उस यवुती का हर्ष-मुख चेहरा तस्वीर से निकल हंस पड़ेगा। खैर, उसकी सोच यहां तक तो आ पहुंची थी कि वर्षों पूर्व राजा और महाराजा जैसे मनुष्यों का निवास यहां

इस हवेली में रह चुका है और उन्हीं रानियों अथवा राजकुमारी में से किसी एक की यह तस्वीर है। परंतु हवेली के रहस्यों का पर्दाफाश करने के लिए ये सारी वस्तुएं कोई खास मोल नहीं रखती थीं, जिससे की सच्चाई सामने आ सके। अगर हवेली की हक़ीकत को सामने लाना ही है तो उस युवती तक पहुंचना उसके लिए बहुत ही ज़रूरी था, जो अभी तक उसकी नज़रों के घेरों में नहीं आ सकी थी।

रात्रि के बढ़ते कदम पल-प्रतिपल अगले पहर की ओर लुढ़कते चले जा रहे थे। पर, अभी तक ऐसा कुछ भी हाथ नहीं लग सका था जिससे कि हवेली के रहस्यों से पर्दा उठाया जा सके।

तेज़ हवा का झोंका फूलों की महक साथ लिए, खिड़कियों के रास्ते उसके नथुनो में आ समाया। तेज़ हवा खिड़कियों के दरवाज़ों से टकराकर उन्हें खोल-बंद कर रही थी। किंतु कमरे के अंदर जल रहे मशाल तथा मोमबत्ती के स्टैंड पर जल रही शमां को बुझाने में वह असमर्थ थी, ऐसा क्यों? इससे पहले कि वह कुछ सोचता, कमरे के बाहर से आई पायल और घुंघरूओं की आवाज़ ने उसे अपनी ओर आकर्षित कर लिया।

ड्राईगन एक झटके में कमरे के हवा से बंद हो गए किबाड़ को खोलता उस रहस्यमय कक्ष से बाहर निकल आया। उसे उम्मीद थी कि वह जल्द ही उस युवती को सामने पाकर उसे धर दबोचेगा और यहां आने के पीछे छुपी हुई अपनी हर मुराद को पूरा कर, चैन की सांस लेगा। पर, अफ़सोस मुरादें पूरी होना तो दूर की बात, उसे यहां ऐसा कुछ भी नज़र नहीं आ रहा था जिससे पायल और घुंघरूओं की ध्वनि के उत्पन्न होने के रहस्य पर से पर्दा उठ सके।

उसने चारों तरफ निगाहें दौड़ाई, किंतु जंगल के घने नजाऱे और चांदनी की बिखरी रोशनी के अलावा उसे कुछ भी नहीं दिखा।

ड्राईगन गुस्से से दांतों को पीसता हुआ धीमी बुदबुदाहट भरी आवाज़ में स्वयं से ही बतियाता बोल पड़ा, "अजीब इत्तेफाक है। थोड़ी देर पहले ऐसा लगा जैसे कोई यहां मौजूद है। पर जब मैं यहां आता हूं तो किसी की परछाईं तक नहीं, आखिर ये हो क्या रहा है? कहीं ऐसा तो नहीं, कोई मुझे भ्रमित कर, हवेली के रहस्यों से दूर रखने की कोशिश में है और अगर ऐसा है तो अब तक वह सामने क्यों नहीं आ रहा।"

इन सभी सवालों पर गौर करते हुए एकाएक उसकी इच्छा हवेली के पिछवाड़े को, पिछले हिस्से को देखने की हुई और यथाशीघ्र अपनी चाहत को पूरा करने के लिए वह कदमों को बढ़ाता छत के दूसरे छोर पर जा पहुंचा। यहां से हवेली के पीछे के हर हिस्से को अच्छी तरह देखा जा सकता था।

रंग-बिरंगे फूलों से लदी डालियां कब से खामोशी के अकेलेपन में डूबी अपनी बदकिस्मती को बेजान-लब्जों से ज़ाहिर करती हुई मानो कह रही हों, हाय रे! हमारी किस्मत, जो खिले फूलों को कोई तोड़ने वाला भी नहीं, और न जाने इस तरह कितनी ही कलियां खिलीं तथा अपने इस्तकबाल के इंतजार में बेजान निगाहों से रास्ते निहारती आखिरकार मुरझाकर जमीं पर गिरती चली गईं तथा उस बियावान में भय और डर की तो बात ही छोड़ो। मानो, हर तरफ सिवाय तनहाई और उदासी के अलावा और कुछ भी बचा ही न हो और न जाने क्यों ऐसा लग रहा था, जैसे कोई यहां सदियों से किसी का इंतजार कर रहा है। एवं उदास और खामोश बेचैनी से उबकर न जाने कब से हवेली की दीवारें हंसी और खुशियों भरे जमघट को देखने के लिए बेचैन हैं।

झाड़ियों के बीचोंबीच एक साफ-सुथरा कच्चा रास्ता, हवेली के पिछले हिस्से से गुजरकर, न जाने किस जगह को चला गया था। इस कच्चे रास्ते को ताकते हुए एकाएक ड्राईगन की आंखें एक दृश्य को देखकर सकते में आ गईं।

वह युवती, जिसे वह हवेली की चाहरदीवारी में बने अहाते के बीचोंबीच खोज रहा था, वह पगडंडियों पर चलती हुई एक ओर हवेली के पिछवाड़े चली जा रही थी।

उसके लंबे-लंबे बाल हवाओं में लहराते, चांदनी की दूधिया रोशनी में चमकता उसका उजला लिबास एक अलग ही पहचान देता नज़र आ रहा था। सच पूछो तो यह सब कुछ देखकर हर कोई उसकी सुलगती जवानी पर फिसल-फिसल जाएगा। कदाचित् हर एक नौजवान ऐसी सुंदर काया को देखकर कुछ पलों के लिए उसकी यादों का गुलाम हो जाएगा और ऐसा हो जाना स्वाभाविक ही था। खैर, ऐसी हरक़त हर युवा की आदिम कमजोरी रहा है। पर ये सारी बातें यहां कोई मायने नहीं रखतीं।

वह नारी, जिसके पीछे ड्राईगन न जाने कब से पड़ा है और अब तक ना-उम्मीदगी के सिवा कुछ भी उसके हाथ नहीं लगा है, अभी तक पाठकों के लिए भी वह एक रहस्य ही है। वह युवती—वह नारी, वह बहुत ही उदास भरी कहानी थी, पर अचानक न जाने क्यों वह हवेली की छत की तरफ देखती हुई पुनः ड्राईगन के चेहरे पर नज़रें गरेड़ती एकबारगी ही ठिठकी फिर अपने सफ़र की ओर चल पड़ी। उसके इस असमंजस भरे व्यवहार को देखकर ड्राईगन का कंठ ही सूख गया। उसकी इस हरक़त से साफ ज़ाहिर होता है कि उसे भले ही लग रहा हो, वह छुपकर किसी का पीछा कर रहा है, पर अगला यह भलीभांति जानता है कि कोई है जो उसका पीछा कर रहा है। उसके पीछे किसी इंसान के चलने की आहट है।

ड्राईगन एक अजीब उलझन में फंसा था कि आखिर यह हो क्या रहा है? "जब भी मैं उसे धर दबोचना चाहता हूं, वह चकमा देती न जाने किधर को निकल जाती है।" और इस तरह लंबी-लंबी सांसें लेता हुआ कुछ सोच-विचारकर वह एकाएक सीढ़ियों से उतरता पूरी गति के साथ हवेली से बाहर निकल आया तथा उस रास्ते की तरफ दौड़ पड़ा, जिस ओर वह युवती चली जा रही थी।

वह काफी थकान महसूस कर रहा था। उसके जिस्म में पर्याप्त ऊर्जा नहीं बची थी, जिससे वह तेज़ गति से दौड़ सके। किंतु अपनी मंजिल को नज़दीक पाकर अपनी शेष ऊर्जा को संचित कर, अपने हाथों को आगे की ओर फैलाए वह उसे पकड़ लेने की चाह में आवाज़ देता हुआ उसे रोकने की कोशिश करता तेज़ कदमों से लंबे-लंबे डगर भरने लगा। लेकिन युवती सीधी चाल में अपने सफ़र की ओर यथावत् चलती रही, उसके इस व्यवहार को देखकर उसने सोचा कि कही पुनः वह हाथों से बचकर निकल न जाए। इसलिए बिना सोचे-समझे एक ही छलांग में उसे पकड़ लेने की चाह में उसने खुद को हवा में उछाल दिया तथा इस क्रिया को अंजाम देने के बाद, उसे संभलने और सोचने का भी वक्त नहीं मिला और वह गहरी चोट के साथ बेहोश हो गया।

एक अनजान जगह, जिसे हक़ीकत की दुनिया से दूर, सपनों में भी उसने कभी नहीं देखा था, सिर्फ़ कही-सुनी बातों में आकर, वह आज यहां तक आ पहुंचा था और उसने अपने आप को मुसीबतों में डाल लिया।

अब जिनसे बाहर निकलना उसे मुश्किल ही नहीं, नामुमकिन-सा दिख रहा था। जब उसे होश आया तो एक अजीब चौंका देने वाली बात थी, जिस पर विश्वास करना हम सभी के लिए ही नहीं, बल्कि ड्राईगन के लिए भी मुश्किल था। कदाचित् ही जब उसने अपने को जंगल की वीरानगी में नहीं, बल्कि अपनी गाड़ी में ही पड़े पाया, तो उसे गंभीर सदमा-सा लगा। जैसे वह कोई भयानक सपना देख रहा हो और जब नींद खुली तो घबरा गया हो। किंतु हाथों से बहते खून और सिर पर लगी चोट का दर्द साफ ज़ाहिर कर रहा था कि वह कोई सपना नहीं था, किंतु जिस हालात से वह गुजर रहा था, उस पल उसकी ज्ञानेंद्रियां सुंतलित रूप से काम नहीं कर रही थीं। जिसके फलस्वरूप उसके लिए कुछ भी सोच पाना मुश्किल था। उस समय तो उसके ज़ेहन में सिर्फ़ और सिर्फ़ वहां से जान बचाकर भाग निकलने की ही जल्दी थी। वह इन बिंदुओं पर गौर करता पूरी गति के साथ गाड़ी को हांकता इस वीराने से दूर हो जाना चाह रहा था। साथ-ही-साथ दिल की धड़कन की गति को भी संतुलित करने की कोशिश करता जा रहा था। पर इस घटना को देखकर या सुनकर हर कोई उस पर हंसने, उसका मज़ाक उड़ाने या उसे बेवकूफ का खिताब देने के अलावा और कुछ नहीं दे सकता था। दुनिया का सच भी यही है कि जो इंसान किसी पहेली को सुलझाने गया हो और बदले में स्वयं ही एक पहेली बनकर लौट आया हो, उसे सिर्फ़-और-सिर्फ़ जलील कर देने वाले लफ़्जों से ही नवाजा जा सकता है। उसका मखौल ही उड़ाया जाता है। खैर, यह सही है या ग़लत इस बात का फैसला इंसान की सोच पर निर्भर करता है, किंतु जो पहेली सदियों से पहेली ही बनती चली आई है, उसे सुलझाना इतना आसान भी नहीं, अब आगे क्या होगा? इस बात का फैसला तो सुबह का उगता सूरज ही कर सक़ता है।

(2)

सूर्य का उज्ज्वल प्रकाश रात के अंधेरेपन को बाहर निकाल फेंक पूर्व दिशा में सवेरे की लालिमा लिए चमक रहा था। उसकी चमक की तीव्र

रोशनी बंद खिड़कियों के छिद्रों से पार होती हुई ड्राईगन के चेहरे पर सीधी पड़ रही थी। सारी दुनिया सपनों के बुने आशियानों से जाग, वास्तविकता की दुनिया में कदम रख चुकी थी और वह भला अपने सारे नियमों को तोड़ बिस्तर पर लेटा, करवटें बदलता हुआ, रात के हादसों को सपनों में देख पसीने से तर-बतर था। जब उसकी आंखें खुली और उसने अपने आपको अचेत बिस्तर पर पड़ा, पसीने में डूबा देखा तो वह घबराकर उठ बैठा। नित्य समय के साथ चलने वाला, आज समय ही उसे छोड़ आगे बढ़ चला था। वह सुबह देरी से जागने पर अफ़सोस व्यक्त करता हताश खिड़की की तरफ बढ़ा एवं खिड़की को खोलता, पर्दे हटाता हुआ सूर्यदेव को आदर भरा प्रणाम कर, रात गई बातों को सुलझाने का प्रार्थनापूर्ण यत्न करने लगा। अलिशा को झूठी दुनिया में रख उसने उससे बात को छुपाया था, इस पर शर्मिंदगी महसूस कर रहा था। उसने जल्द-से-जल्द अलिशा को सारी सच्चाई बताने का निर्णय ही नहीं लिया, बल्कि बढ़ते कदमों से उसे ढूंढने हेतु, कमरे से बाहर भी निकल आया।

उसे अलिशा यहां पौधों को पानी देती तथा जॉन चिड़ियों को दाना देता दिखा। ड्राईगन चिंतित मुखड़ा लेकर जॉन की तरफ बढ़ा और प्यार भरे लफ़्जों में उसे बहलाता हुआ कहने लगा, "मेरे प्यारे भाई जॉन, क्या तुम भी मुझसे नाराज हो, प्रतिदिन मेरे आने के बाद ही तुम सोया करते थे, लेकिन कल रात मेरा इंतजार किए बगैर सो गए। आखिर तुम ही बताओ, मैंने कौन-सी इतनी बड़ी खता कर दी, जिसकी सज़ा काले पानी से भी बढ़कर दी जा रही है, यहां तक कि मुझसे कोई ठीक से बात भी नहीं कर रहा।"

जॉन भी बातें बनाने में पीछे नहीं था। उसने भी सरल एवं उचित उत्तर पेश किया, "देखो भैया, इसमें मेरी कोई ग़लती नहीं, तथा न ही मैं आपसे नाराज हूं और न ही आपके आने से पूर्व सोया था, किंतु मैं यह सारी बातें जानता हूं। कल की रात न आपने कुछ खाया और न ही दीदी ने।"

ड्राईगन आश्चर्य व्यक्त करता बोल पड़ा, "तुम्हें यह कैसे पता, कल की रात न मैंने कुछ खाया और न ही अलिशा ने, अवश्य ही तुम्हें उसने कुछ कहा है।"

जॉन हंसता हुआ कहने लगा, "दीदी को क्या पता, आपने कुछ खाया या फिर नहीं, वह तो मैं जानता हूं कि खाने से भरी थाली चारपाई के नीचे रखी बिल्ली कब की चट कर चुकी होगी।"

ड्राईगन पुनः आश्चर्य के घेरों में आकर जॉन के चेहरे को एकटक देखने लगा, किंतु थोड़ी देर बाद, अपनी हालत पर काबू कर पूछ बैठा, "ये तुम्हें कैसे पता कि खाने से भरी थाली चारपाई के नीचे रख, मैं सो गया था।"

जॉन ने आंखों से इशारा कर उसे अपनी ओर झुकने को कहा, "भैया, सिर को नहीं कान को इधर लाओ, मैं सारी हरक़तें आपके कान में कहता हूं। आप देख नहीं रहे, दीदी हमारी बातों को सुनने की कोशिश में हैं। अगर दीदी मेरी हरक़तों को जान गई तो मेरी हालत भी वैसी ही होगी, जैसी आपकी है। आप नहीं जानते, जब आने में आप विलंब कर रहे थे तो दीदी मुझे इच्छा बगैर सुलाने की कोशिश में थी। लेकिन मैं इतना भी मूर्ख नहीं था, उनकी इच्छा को टाल तो नहीं सकता था। इसलिए मैं बिस्तर पर लेट गया, किंतु आंख बंद कर, कान का दरवाज़ा खोल दिया और जब दीदी आपके इंतजार में बाहर को चली गई, तो मैं पुनः बिस्तर पर उठ बैठा तथा उसके बाद क्या हुआ, वह तो आपके शरीर से चूता पसीना ही बता रहा था। मेरा ज़ेहन जहां तक कहता है, आप पर दीदी बहुत गुस्सा व्यक्त कर रही थीं तथा इसी के साथ अपनी बातों को पूरी तरह साबित करने के लिए अंततः पूछ बैठा, क्या मैं कुछ ग़लत कह गया?"

ड्राईगन ने 'नहीं' के दो अक्षर से जॉन को खुश किया। खुद के दिल से कहा, "वह तो मैं जानता हूं। कल की रात देखे गए आपबीती में क्या सच है और क्या झूठ?"

ड्राईगन को सपनों की दुनिया में खोया देख, जॉन से रहा नहीं गया और इससे पहले कि दीदी यहां आ पहुंचे। अपने बड़े भाई को सचेत करना उसने अपना परम् धर्म समझा।

"क्या सोच रहे हैं भैया, पहले जाकर दीदी को इतने देर तक सोने का कारण बताएं और उसके बाद जितना चाहें पतवार लिए कल्पना की नाव को खेवते रहना। अगर सुबह का नाश्ता और दोपहर का भोजन चाहिए तो मेरी बात मान लो, अन्यथा दीदी आज कुछ भी पकाने के मूड में नहीं है। कम-से-कम अपने पेट का न सही, मेरे पेट का ख्याल तो करना।"

ड्राईगन दिखावटी गुस्से के साथ बोला, "हां जा रहा हूं लेकिन तुम्हें इतनी तो समझ होनी ही चाहिए, अगर मैं देर तक सो रहा था तो जगा देता। क्या अब तक तुमने इतना भी नहीं सीखा है? मुझे तो इतना गुस्सा आ रहा है कि मैं तेरे दोनों हाथ-पांव तोड़ दूं। बड़ा चला है, जले पर नमक छिड़कने।"

ड्राईगन जॉन से क्या उलझता। दोनों को आपस में उलझते देख अलिशा स्वतः ही वहां आ धमकी, "क्या हो रहा है यहां? और तुम्हें कॉलेज के लिए देर नहीं हो रही क्या? जाओ, जाकर तैयार हो जाओ।"

जॉन नाक-भौं सिकोड़ता एक ओर चल दिया, "हां, तो अब बोलो भैया, आप तो बड़ी शान से कहते थे। सूर्यदेव के स्वागत हेतु दुनिया भर में उठने वाला सबसे पहला हाथ, मेरा ही होता होगा। लेकिन ये क्या सूर्यदेव तो आपके जागने से पहले ही पूर्व दिशा में सवेरे की लालिमा लिए चमक रहे थे और आप अचेत बिस्तर पर पड़े थे। क्या आपने हमें यही संस्कार सिखाया है और मुझे तो नहीं लगता, अब भी आप सच बोलने की कोशिश करेंगे तथा बीती रात की तरह झूठ बोलना ही पसंद करेंगे, क्या इसमें भी कोई संकोच है?"

ड्राईगन शर्मिंदगी से खुद को घूरता, अलिशा से नज़रें चुराने की कोशिश करता है, पर कब तक अपनी भूल को खुद से छिपाता। आखिर गलतियों पर काबू करके ही मनुष्य जानवर से इंसान बनता है, यह सोचकर उसने बोलना आरंभ किया, "मैं मानता हूं, कल की रात तुमसे सच्चाई छिपाने का भरपूर प्रयास किया और वही झूठ, मेरे दिल और दिमाग पर बोझ बनकर रात के सपनों तक में मुझ पर छाया रहा। इससे अच्छा तो यह होता कि मैं हक़ीकत के बंद दरवाज़े को खोल, तुम्हें सारी आप बीती कह सुनाता। किंतु इसके पीछे भी तुम्हारा डर, उसने मेरे मुख पर ताले जकड़ने को मजबूर कर दिया।"

ड्राईगन अपनी सफाई में कुछ और बोलता इससे पहले ही अलिशा बोल पड़ी, "वाह भैया! आपने तो खूब फरमाया। मैं आपसे छोटी ज़रूर हूं, पर इस दोहे को आपने कहां से पढ़ लिया कि डर से सच्चाई का साथ छोड़ देना चाहिए, मैं नहीं जानती थी कि आप ऐसा सोच भी सकते हैं।"

ड्राईगन इस लफ़्ज को सुनकर शर्मिंदा हुआ। उसके चेहरे पर अफ़सोस की परछाइयां उभर आईं और अपनी छोटी बहन के मुख से खुद

की मलानत बर्दाश्त नहीं कर पाया एवं उसके दिलों में उठ रहीं पश्चाताप की लहर शब्द बनकर अलिशा के सामने शब्दों में बयां होने लगी।

"हां, यह सच है, दो झूठे लफ़्ज़ों के कारण तुम्हें और खुद को अंधेरे में रख मैं मां के दिखाए रास्ते को ठुकरा रहा था, पर इसमें मेरी कोई ग़लती नहीं, उस खौफ़नाक हक़ीकत को देख, मैं खुद ही होशो-हवास खो बैठा था तथा इस कारण उचित और अनुचित सोचे बिना तुमसे झूठ बोल बैठा।"

ड्राईगन ने सारी आप बीती खुली किताब की तरह सामने रख दी। अलिशा तो इस हक़ीकत को जानकर फटी आंखों से अपने भाई को देखने लगी और मानो उसकी सांसों के साथ उसके दिल की धड़कन भी रुक गई हो। वह अंततः इतना ही बोल पाई, "लाख मना करने के बावजूद, आप उस रास्ते से क्यों गुजरे? कम-से-कम अपने लिए न सही, हम दोनों के लिए ही सोच लेते। अगर आपको कुछ हो गया होता तो हम दोनों का क्या हाल होता? ये कभी सोचा था या नहीं।" और इतना कहने के बाद अपने भाई का हाथ पकड़ उसकी आंखों से आसुंओं का छतनार बह पड़ा। कदाचित् अपनी बहन को रोता देख ड्राईगन की आंखें भी भर आईं और साथ-ही-साथ जॉन भी आ पहुंचा, अब तो खुशियों से भरे घर में मानो मातम का रंग घुल गया हो।

अफसोस, ड्राईगन को इस ग़लती की सज़ा किस प्रकार चुकानी होगी, यह कह पाना मुश्किल था। पर जो कुछ भी हो, इसका फैसला वक्त की गोद में है, फिलहाल बहुत कोशिशों के बाद, वह अपनी बहन के आंसुओं को ही रोक पाया।

आंखों के आंसू तो सूख गए, किंतु दिल और दिमाग में डर भरा खौफ़ अब भी अलिशा के इर्द-गिर्द चक्कर काट रहा था, जिससे पीछा छुड़ा पाना तत्काल मुश्किल दिख रहा था। पर अलिशा के व्यवहार के सामने, उसे सच्चाई प्रत्यक्ष करने को मजबूर कर दिया गया। किंतु वह अब तक यह समझ नहीं पा रहा था कि आखिर वह डर क्यों रही है? जबकि यह भलीभांति जानते हुए कि मैं मौत के मुंह से बाहर निकल आया हूं और इन वाक्यों का आशय स्पष्ट करने के लिए उसने अपनी बात को सामने रखा।

"आप भले ही किसी तरह मौत को मूर्ख बनाकर वहां से बच निकले हों, लेकिन आप यह भूल रहे हैं, जिस प्रकार नागिन का बदला आंखों में छपी तस्वीरों से शुरू होकर उसके दुश्मनों की मौत पर जाकर ही खत्म होता है, कुछ उसी प्रकार कहीं ऐसा न हो, वह साया पुनः आप तक पहुंचने की कोशिश करे।" और यह कहती पुनः जार-जार रोने लगी।

ड्राईगन ने जॉन की तरफ इशारा कर उससे कहा, "तुम्हीं कुछ समझाओ, आखिर बेवजह रोने से क्या लाभ। मात्र यही एक वजह थी, जिसके कारण तुमसे सच्चाई छुपाने का भरपूर प्रयास किया था, क्योंकि मैं यह जानता था कि सच्चाई जान लेने के बाद तुम लोगों पर क्या प्रतिक्रिया हो सकती है? सच्चाई की तह तक पहुंचने की कोशिश करना, यहां तक तो ठीक है, पर उसे जानकर अपने होश खो बैठना, मूर्खता से भी आगे का शब्द है।"

अलिशा आंसुओं से सनी पलकों को पोंछती बोली, "आप मुझे जितना नीचा दिखाना चाहें दिखा लें, कोई बात नहीं। पर आप इतना जान लें, जिस प्रकार कही-सुनी बातों में आकर कि इस धरती पर प्रेतात्मा जैसी योनि का कोई अस्तित्व ही नहीं है तो ऐसा मान लेना यह आपकी बहुत बड़ी भूल है। खैर, मैं छोटा मुंह बड़ी बात करना नहीं चाहती, पर आप इतना ज़रूर जान लें, इंसान की एक छोटी-सी ग़लती, उसे कितनी बड़ी मुसीबत में ढकेल सकती है, यह कह पाना मुश्किल है। यही विनती है कि इस बात को ध्यान में रखते हुए कोई भी कदम संभालकर आगे बढ़ाने की ज़रूरत समझें और यह भलीभांति जान लें। मैं आपकी छोटी-सी बहन हूं और अपने भाई पर कोई मुसीबत आए, यह महसूस करने मात्र से ही मैं कांप उठती हूं। इसलिए जैसा मैं कहती हूं, उसे स्वीकार करें उसका पालन करने की ज़रूरत समझें और साथ ही वादा करें तो ही मैं भयमुक्त हो पाऊंगी।"

ड्राईगन, अलिशा के सहमे हुए चेहरे को पढ़ता हुआ मजबूरन उसके विचारों से सहमत होकर यही बोला, "ठीक है, तुम्हारी जैसी इच्छा, आगे क्या है, यह भी कह दो, आखिर जान लूं, यह नयी पहेली कौन-सी है।" ड्राईगन की बातों से मालूम पड़ता है, वह अब भी इन बातों को मज़ाक ही समझ रहा है, लेकिन अलिशा दबाव देती हुई बोली, "इतना कुछ हो जाने के बावजूद, इन बातों को हंसी क्यों समझ रहे हैं। यह कोई बच्चों

की छोटी-छोटी गलतियां नहीं हैं, आप बहुत बड़ी भूल कर आए हैं, जिसका निदान पाने का रास्ता बता रही हूं।"

पास खड़ा जॉन गंभीरता के साथ सारे पहलू को समझ रहा था और उसे अपनी बहन की बातों में सच्चाई नज़र आ रही थी। इसलिए स्वयं अपने विचारों को रखने की ज़रूरत समझकर बोला, "भैया, आप इन बातों को माने अथवा न माने, इससे हमें कोई फर्क नहीं पड़ता। पर इतना जान लें, इस धरती पर अब भी बहुत सारी पहेलियां उलझी पड़ी हैं, जिसे अब तक कोई भी सुलझा नहीं पाया है, और वह सारी पहेलियां आज तक पहली ही बनी पड़ी हैं, खैर, 'आत्मा' जैसे शब्द को समझ पाना मुश्किल है और दूसरी तरफ मनुष्य की आयु भी सीमित है और जब इस आयु में शुद्धता के साथ जीवन को परिभाषित नहीं कर सकते तो 'आत्मा' जैसे शब्द को समझ पाना, मेरी सोच के अनुसार संभव नहीं है। इसलिए इन चीजों से कोसों फासला रखने में ही भलाई है, क्योंकि यह हमारी दुनिया से बिल्कुल अलग है। खैर, दीदी की बातों से सहमत होकर बैठ खयालातों को पूरा करते, कार्य में कोई रुकावट नहीं आ सकती। अगर एक दिन बेरोजगार बन, घर बैठ भी गए तो ऐसी कौन-सी छत आन गिरेगी, जिसके लिए इतना उतावला होने की आवश्यकता है।" अंततः परिवार के दबाव के सामने उसे झुकना ही पड़ा।

"कहो, कौन-से विचारों का पालन करने की आज्ञा है।"

अलिशा प्रसन्नता भरी मुसकान से बोली, "अच्छा तो बातें समझ में आ ही गईं।"

"हां, थोड़ी देर के लिए ही सही, लेकिन ज़ेहन में उतर गईं, अब कहो भी, क्या करना है?"

"खास कुछ नहीं, सिर्फ़ एक इंसान से मिलकर सलाह-मशवरा लेकर लौट आना है।"

"बस, इतनी-सी बात के लिए इतने अनमोल आंसू बहाने की क्या आवश्यकता थी? आखिर मैं भी जान लूं। यह महान् हस्ती है कौन? जो हमारी सारी समस्याओं को दूर करने की शक्ति रखते हैं।"

"हां, पर ये कोई भगवान नहीं, एक इंसान ही हैं, लेकिन अध्यात्म की दुनिया में एक अच्छी पहचान बनाए हुए हैं। जिनसे मिलने के पश्चात्

सारी घटनाओं को सामने रख, उनकी आज्ञा अनुसार पालन करते हुए, बस हमें घर वापस लौट आना है।"

"खैर, यह सब तो ठीक है, पर ऐसा करने से क्या लाभ हो सकता है? मैं अब तक नहीं समझ सका।"

"और न ही समझने की आवश्यकता है। मैंने जो कुछ भी कहा, उसे मेरी प्रार्थना न समझ सकें तो मेरी आज्ञा समझ उसका पालन करें...अन्यथा...।"

"मैं जानता हूं, ड्राईगन ने सहमे लफ़्जों में कहा, परंतु मैं वहां तक जाऊं कैसे? जब तक कि तुम मुझे उनका पता नहीं दोगी।"

"हां, इतनी समझ है मुझमें, इसलिए आप इसकी चिंता छोड़कर यहां से जल्द निकलने की सोचें, ताकि समय रहते घर वापस भी लौट आएं।"

अलिशा अंगुलियों से इशारा करती, "आप सामने पेड़ों से लदा, वह पहाड़ देख रहे हैं। ठीक उस पहाड़ से बहती नदी के पार एक सुंदर-सा गांव बसा है, जहां बाबा अल्तमस से मुलाकात होगी। जिनसे मिलकर सारी समस्याओं का हल जानकर, उन काली शक्तियों के साए से बचा जा सकता है। किंतु यह रास्ता थोड़ा कठिन है, नदी को पार करते हुए, वहां तक जाना होगा, परंतु दूसरे रास्ते की जो बात है, उस सफ़र को गाड़ी से भी तय किया जा सकता है, पर मैं तो यह भूल ही गई कि आप कम समय और थोड़ी दूरी तय करने जैसे रास्ते को उचित और पंसदीदा मानते हैं, चाहे वह सूली पर चढ़ने जैसा ही क्यों न हो और अगर ऐसा न होता तो आज यह दिन देखना नहीं पड़ता।" खैर, ड्राईगन को एहसास था कि जाने-अनजाने, वह बहुत बड़ी ग़लती कर आया है, जिसकी सज़ा क्या है उसे अब तक मालूम नहीं, पर जिस रास्ते चल पड़ा था, यह साबित करने के लिए कि आखिर कौन-सा ऐसा रहस्य, इस जंगल के वीरानों में छिपा है, जो धरती पर होते हुए भी लोग इस जंगल को खुद से अलग मानते हैं। जबकि, वह हवेली अपने आप में कुछ-न-कुछ छुपाए ज़रूर है, किंतु कब तक फरेब भरा शिकंजा सच्चाई के किवाड़ को बंद रख सकता है। अंतः सच्चाई को सामने आना ही पड़ेगा और इसी के साथ वह अंदर-ही-अंदर प्रसन्न था। परंतु उसे इस बात का भी डर था कि कहीं कुछ ऐसा न हो जाए कि इस सफ़र पर चलते हुए मेरा बना-बनाया सारा आशियाना टूटकर तिनकों की तरह बिखर जाए और

सिवाय अफ़सोस के फिर इस दामन में कुछ भी न बचे। दूसरी तरफ सुनी-सुनाई एक कहावत भी उसके ज़ेहन में घूम रही थी, जो ताज़ी थी।

ये दुनियां है, दोस्तों,
जहां अपनी खुशी से कुछ नहीं होता है।
खुदा ही सब कुछ करता है,
आदमी से कुछ नहीं होता है।

तथा यह सोचकर सब कुछ खुदा पर छोड़ अलिशा से इज़ाजत लेकर वह चल दिया उन पहाड़ी वादियों में बाबा अल्तमस को ढूंढने।

दूर खड़ा पहाड़ उसे अपनी ओर खींच रहा था। जल्द पहुंचने की चाहत लिए कदमों को तेज़ी से बढ़ाता वह आगे बढ़ता ही जा रहा था।

पर्वतों की ऊंची चोटी आसमां को चूमती जैसे अंबर की दोस्ती से झूमती, खिलखिलाती उन पहाड़ी वादियों से होकर ऊंचे-ही-ऊंचे उठती चली गई थी, जिसकी सुंदरता की कल्पना करना भी हमारे ज़ेहन के ऊपर की बात थी।

वह जितनी जल्द पहाड़ों के नज़दीक जाना चाह रहा था। वे उससे उतना ही दूर लग रहे थे, जैसे मानो उन वादियों और ड्राईगन के बीच वैर हो। पर हक़ीकत यह नहीं, वह तो कुछ और ही थी।

ड्राईगन शीघ्रता से वहां तक पहुंचने की कोशिश में था। इसलिए उसकी सोच शक्ति ऐसा जवाब दे रही थी। परंतु कदम-कदम की एकताल से वादियां अब दूर नहीं रह गई थीं, कुछ ही क्षणों में वह वहां तक जा पहुंचने वाला था।

मौसम में नाममात्र की गरमाहट और शीतलता थी, हवा का मीठा-मीठा झोंका, सवेरे के खिले हुए फूल और उन पर भंवरों की गुनगुन तथा फूलों की खुशबू, हवा के संग दिल को छू रही थी। ऐसा लग रहा था जैसे प्रकृति दिल खोलकर हंस रही हो और ऐसे मन-लुभावने माहौल में रहना अथवा सफ़र करने में क्या कोई थक सकता है? कदापि नहीं!!

ड्राईगन के शरीर में वही स्फूर्ति, वही जोश था। थकान की गंध तक नहीं थी। पहाड़ों से गिरता पानी, झरने के रूप में किलकिलाने की आवाज़ ड्राईगन के कानों तक आ रही थीं। वह दूर पहाड़ की चोटी से गांव को निहारता प्रसन्न था।

मुश्किल से उस गांव की आबादी एक हजार की संख्या तक होगी। माना जाए तो यह हरी-भरी वादी परी-लोक के स्वर्ग से कम नहीं, चारों तरफ झूमते खिलखिलाते बाग और बागों में अनगिनत खिले रंग-बिरंगे फूल, मुख्यतः यहां की खेती नारियल और फूलों की होती थी।

पहाड़ के आंचल से निकलता सूर्य, गांव की सुंदरता को चार चांद लगा रहा था। मौसम में न अधिक गर्मी और न ही अधिक ठंड थी। अर्थात् बसंत यहां सालों साल झूमता और खिलखिलाता रहता है। गांव के चारों ओर ऊंचे-ऊंचे पहाड़ दीवार की तरह वर्षा के पानी से गांव की रक्षा करते।

पहाड़ों पर घने वृक्ष की जड़ों से रिस-रिस कर बहते पानी के आने के कारण न कभी सूखा पड़ता था और न ही कभी अधिक मात्रा में पानी आ सकता था, जिससे गांववासियों की कभी कोई क्षति नहीं होती थी।

फली-फूली इस वादी को लोग 'हंसवादी' के नाम से ही जानते थे। ड्राईगन इस सरजमीं पर कदम रखे इससे पहले इस भूमि को ईश्वर का बनाया जगत् मंदिर समझ कर मैं अपने दोनों हाथों से छूकर तहे दिल से इस पहाड़वादी को प्रणाम करता हूं।

गांव के लोग अपने खेतों में सिंचाई और बुवाई में मशगूल थे। ड्राईगन भूल जाने की शंका लिए अपने मन में बाबा अल्तमस का नाम दोहराता किसी से इनका पता पूछने हेतु अपनी नज़रों को इधर-उधर दौड़ा रहा था कि शायद कोई ऐसा व्यक्ति मिल जाए, जो बाबा अल्तमस तक जाने के लिए सही जानकारी दे सके।

अचानक फूलों से लदे उस बाग से किसी के हंसने की आवाज़ आती सुनाई दी, ड्राईगन शीघ्रता से कदम बढ़ाता उस ओर जा पहुंचा, परंतु जब उसकी नज़रों ने इस दृश्य को देखा तो बस वे देखती ही रह गईं।

वह एक नज़र से उस सुंदर हसीन लड़की को देखने लगा, जिसकी चारों सहेलियां किसी बात को लेकर उस पर हंसी जा रही थीं।

ड्राईगन थोड़ी देर के लिए अपने ज़ेहन से बाबा अल्तमस के पते की बात भूल गया। वह यह जानने की कोशिश करने लगा कि आखिर ये लड़कियां उस पर हंसी क्यों जा रही हैं?

वह पेड़ों की ओट में होकर छुपकर उस सुंदरी की टोह लेने लगा। वह पृथ्वी पर अप्सरा के समान थी, जिसकी सुंदरता की कल्पना करना

भी पृथ्वीवासियों के लिए नामुमकिन था। उसकी सुंदरता इंद्रलोक की किसी अप्सरा से कम नहीं थी।

उसके होंठों पर प्राकृतिक लालिमा थी, लंबे घने बाल और बालों को फूलों के गुच्छे से उसने बांध रखा था, जिसे आम शब्दों में 'गजरा' कहते हैं। उसने ऊंचा घाघरा और सीनाबंद कमीज पहनी हुई थी। लाल रंग की चमकती चुनरी कंधों से ओढ़ी हुई थी। हाथों में फूलों की डालियां लिए, ऊंचे पेड़ की टहनी में लटकी एक फूल के गुच्छे को तोड़ने के प्रयास में वह ऐड़िया उचकाकर निहायत हसीन लग रही थी। वह 'परी' थी, 'परी' कोहकाफ़ की परी! ऐसी परियों का जिक्र केवल कहानियों में ही मिलता है। कोहकाफ़ की परियों का दर्शन सपनों में ही होता है। ड्राईगन खुश-किस्मत था, जो वह ऐसी परी का रूपपान हक़ीकत में कर रहा था।

अपनी सुंदरता और अपने कोमल पांव के पंजों पर खड़ी हो, उस फूल की डाली तक पहुंचने की कोशिश तो वह कर ही रही थी, लेकिन फूल तक न पहुंच पाने की उसकी असमर्थता को देख उसकी सहेलियां उस पर हंसी जा रही थीं।

ड्राईगन सारा माजरा समझ गया और उसकी मदद के लिए उसका दिल बेचैन हो उठा। पर वह खुद से निर्णय नहीं ले पा रहा था कि वह उसकी सहायता हेतु वहां जाए या नहीं, अगर गया तो क्या परिणाम हो सकता है और नहीं गया तो क्या परिणाम होगा। इस बारे में कुछ कह नहीं सकता था। मन में संकोच और भय दोनों ही थे।

इन दोनों पहलुओं को मद्देनज़र ज़ेहन की उलझनों को छोड़, दिल की आवाज़ की बात सुन वह आगे बढ़ा। इस सफ़र में दिमाग से बेहतर दिल को जगह दी गई है, ऐसा मानकर वह दिमागी उलझन छोड़ दिल की आवाज़ को सुन कदम उठा बैठा है।

एकाएक पेड़ों की ओट से हटकर, अपनी सारी शर्मिंदगी की हदें पार करता हुआ वह उस अपूर्वयौवना, अपूर्व सुंदरी कोहकाफ़ की परी के सामने जा खड़ा हुआ और प्यार भरे लफ़्जों के साथ चेहरे पर मुस्कान की खुशबू छोड़, तहेदिल से बोला, "क्या मैं तुम्हारी कुछ मदद कर सकता हूं?"

ड्राईगन को देख सारी लड़कियों के चेहरे से हंसी का नज़ारा यूं दूर भाग चुका था जैसे बारिश हो जाने के बाद आसमां की काली घटा छोड़

पूरा अंबर नीला पड़ जाता है, उसी प्रकार उन लड़कियों के चेहरे से हंसी छूमंतर हो गई थी। देखने में मोम की बनी मूरतें लग रही थीं।

ड्राईगन ने उन सभी के इस रूप की फिक्र छोड़, एक उछाल में उस डाली के फूलों को अपने हाथों में ले लिया और घुटने मोड़ बड़े अदब से झुकते हुए उन फूलों को सौंपते हुए कहने लगा, "यह रहा आपके लगातार प्रयास का फल।"

वह लड़की शरमाती निगाहों से चेहरे पर असमंजस की छाया लिए, अपने सिर को आंचल से ढंकती, उस तुच्छ भेंट को स्वीकार करती अंततः पूछ ही बैठी, "इस गुस्ताखी की कोई वजह।"

उसकी सहेलियां इस वार्ता को सुनकर फिर से खिलखिलाकर हंस पड़ीं।

ड्राईगन लड़खड़ाती जुबान से इतना ही कह सका, "बस, यूं ही तुम्हारे लगातार प्रयास को देख, मुझे मदद के लिए आना पड़ा, आखिर एक इंसान ही दूजे इंसान के काम आता है।"

"हां! यह सब तो ठीक है, पर आज से पहले इन वादियों में आपको कभी नहीं देखा, क्या आप यहां अजनबी हैं?"

"नहीं ऐसी कोई बात नहीं, मैं पास के ही गांव से आया हूं।" और इसी के साथ वह हसीना बोल पड़ी, "किसी रिश्तेदार से मिलने?"

ड्राईगन 'हां' भरता बोला, "आपने ठीक सोचा, पर एक मुसीबत है।"

"क्या मैं वो मुसीबत नहीं जान सकती? क्या पता आपकी थोड़ी-बहुत मदद कर सकूं।"

"नहीं, ऐसी कोई बात नहीं। अगर आप मेरी कुछ मदद ही करना चाहती हैं तो कृपा कर बाबा अल्तमस तक जाने का मार्ग बता दीजिए, आपकी मेहरबानी होगी।"

"पर इसमें मेहरबानी की क्या बात है, आपने ही तो कहा था, एक इंसान ही दूजे इंसान के काम आता है। परंतु यह पता आपके लिए मुसीबत बन रहा है, यह सोचकर मुझे शंका हो रही है, क्योंकि आपकी बातों से मालूम पड़ता है, आपकी मुश्किलें कुछ और ही हैं।"

"नहीं, ऐसी कोई बात नहीं है।"

"तो क्या आप बाबा अल्तमस के पास ही जाना चाहते हैं।"

"हां, बिल्कुल।"

"तो ठीक है, आप सामने देवदार के पेड़ों का झुंड देख रहे हैं, ठीक उन पेड़ों के पीछे एक सुंदर-सा बना घर भी देख रहे होंगे, अर्थात् वह घर मेरा होते हुए भी बाबा अल्तमस का है, चाहें तो आप जाकर बाबा से मिल सकते हैं।"

"मैं कुछ समझा नहीं, वह घर आपका होते हुए भी बाबा अल्तमस का है। ये वाक्य थोड़ा उलझा-सा है।"

"हां, थोड़ा उलझा हुआ है, किंतु बाबा अल्तमस से मिलने के पश्चात् सब कुछ ठीक हो जाएगा। हालांकि बाबा का घर थोड़ा दूर है लेकिन कुछ ही समय में लगातार प्रयास के बल पर आप वहां तक जा पहुंचेंगे तथा उसके बाद सारी उलझनें स्वतः सुलझ जाएंगी।" यह कहती हुई वह पायल की आवाज़ छनकाती, अपनी सहेलियों के साथ हंसती हुई चली गई।

ड्राईगन ने आवाज़ देकर पूछना चाहा कि अपना नाम तो बताती जाओ, लेकिन वह हसंती हुई बोल गई, "अगली मुलाकात में स्वतः सब कुछ पता चल जाएगा।"

ड्राईगन थोड़ी देर अफ़सोस की काली घटा से घिरा रहा और अपने दिल की बात खुद ही के दिल से कहने लगा, "अरे मेरे दिल, मेरे दोस्त! पहली बार ऐसा लगा जैसे एक सच्चे जीवन-साथी से मुलाकात हुई। वह मात्र इतना कहकर चलती बनी कि अगली मुलाकात में स्वतः सब कुछ पता चल जाएगा। क्या खाक पता चलेगा? न मैं उसे जानता हूं और न ही वो मुझे जानती है।"

ड्राईगन का दिल, उस लड़की के पीछे ऐसा भाग चुका था, जैसे कोई प्यासा कुएं की तरफ भागता हो।

ड्राईगन अपने दिल की आग को दिल में दबाए अगली मुलाकात के लिए खुदा से तहे दिल से फरमाईश करता आगे बढ़ चला और इधर वह लड़की भी ड्राईगन के लफ़्जों की दीवानी अपने बीते हुए लम्हों को याद कर हंसी जा रही थी।

उसके चेहरे पर हंसी की पंखुरियां देख, उसकी सहेलियां बोल पड़ीं, "वाह शैनशिका! उस बेचारे को इतने लंबे सफ़र का रास्ता बता दिया और अब हंसी जा रही हो, क्या तुम उसे अपने साथ घर तक नहीं ले जा सकती थीं?"

"नहीं, ऐसी कोई बात नहीं थी, मैंने इसलिए उसे लंबे रास्ते को पकड़कर घर जाने की बात कही, क्योंकि मैं घर को साफ करके नहीं आई थी, और वह मेरे साथ घर जाता तो मेरे गंदे घर को देख क्या सोचता? मैं घर को साफ नहीं रखती क्योंकि मैं आलसी हूं और क्या पता, वह कौन था? हो सकता है, बाबा का कोई खास अतिथि हो, इसलिए मैंने उसे लंबा रास्ता पकड़कर घर जाने को कहा, ताकि मैं जल्दी से घर पहुंच उतने समय में सब कुछ ठीक कर दूं।"

"अच्छा तो हालेदिल यहां तक जा पहुंचा है, लेकिन वह नहीं आया तो फिर क्या करोगी?"

शैनशिका ने आश्चर्य व्यक्त करते हुए कहा, "ऐसा कैसे हो सकता है, उसने कहा है, 'मैं बिल्कुल आऊंगा'।"

"हां, हम सब जानती हैं।" सभी लड़कियां मिलकर बोलीं, "पर उसे आने में कुछ हो गया तो फिर क्या करोगी?"

"ऐसे कैसे कुछ हो जाएगा, ये तुम सब कैसी बातें कर रही हों, मैं कुछ समझ नहीं पा रही, जरा खुलकर और साफ-साफ कहो, हुआ क्या है?"

"फिलहाल हुआ तो कुछ भी नहीं, लेकिन होने के लिए बहुत कुछ हो सकता है। क्या तुम्हें नहीं पता जिस खाईं को पार करता, वह तुम्हारे घर जा रहा है, उस खाई को पार कराने वाला पुल टूटने पर है और उस रास्ते के गांववासी आवागमन भी बंद कर चुके हैं। वह लकड़ी का बना पुल कब टूट जाए कौन जानता है।"

शैनशिका इन लफ़्जों को सुनकर सन्न रह गई, लेकिन दूसरे ही पल वह फूलों की डालियां फेंक दौड़ती हुई, उस रास्ते की तरफ दौड़ चली जिस ओर ड्राईगन जा रहा था।

पागलों की तरह दौड़ती पहाड़ों के नुकीले पत्थरों पर गिरती-पड़ती सबको रौंदती बदहवास-सी भागी चली जा रही थी। गांववासी शैनशिका के इस रूप को देख हैरान थे।

उसके बंधे बाल खुलकर हवा के झोंकों से उलझ गए थे, सिर पर चिंता की काली घटा और दिल में घबराहट लिए, उसकी नज़रें ड्राईगन को ढूंढ रही थीं। जब उसकी नज़रों ने उस लड़के को ढूंढ लिया तो उसे आवाज़ देकर उसने रोकना चाहा। परंतु वह बोले भी तो क्या? यहां तक

कि उस शख़्स का नाम भी नहीं जानती थी, पर उसे यह विश्वास था कि मेरी आवाज़ को सुन वह अवश्य ही रुक जाएगा; क्योंकि तब तक बहुत देर हो चुकी थी।

ड्राईगन आवाज़ सुनकर पीछे की ओर देखता तो उसे यह विश्वास ही नहीं हो रहा था कि जो लड़की उसकी तरफ दौड़ती चली आ रही है, वही उसके दिलों की धड़कन है अर्थात् जिसके बारे में वह सोचता ही जा रहा था कि उससे कब मुलाकात होगी और वह अपने दिल की बात उससे कह देगा, तो वह पल इतनी जल्दी आ जाएगा ऐसा तो वह सपने में भी नहीं सोच सकता था। उसे लगा मैं ज़रूर कोई सपना देख रहा हूं। लेकिन कौन बेवकूफ ऐसे सपनों से मुंह मोड़ सकता है। ड्राईगन सपना ही समझ उस सुंदर-सी दिल फेंक हंसी को अपनी ओर आता देख, बस उसे अपना समझ दिल को बहला रहा था।

शैनशिका प्रेम के असमंजस में फंस इतनी मदहोश हो चुकी थी कि उसे पता भी नहीं चल सका कि वह अपनी चुनरिया और पैरों की जूती तक कहां भूल आई।

वह हांफती हुई ड्राईगन के पास जाकर रुक गई। उसकी धड़कन और सांस लेने की गति इतनी तेज़ हो चुकी थी कि वह साफ शब्दों में कह भी नहीं पा रही थी कि इस रास्ते मत जाओ।

ड्राईगन सिर्फ़ एक भरी हुई मीठी नज़र से उसे अपलक देखता जा रहा था। शैनशिका अपने चेहरे पर बिखरी जुल्फों को हटा, अपने तन की ओर देखती शरमाती निगाहों से इतना ही बोली, "आप ऐसे क्या देख रहे हैं।" लेकिन ड्राईगन तो बस हतप्रभ, दीवाना-सा उसे देखता ही जा रहा था।

शैनशिका के बार-बार इस प्रश्न से भी जब उस पर कोई असर न पड़ा तो अपने कोमल हाथों के स्पर्श से उसके बालों को उसने बिखेर दिया। उसे सपनों की दुनिया से खींच हक़ीक़त की दुनिया में लाकर पटकते हुए लड़खड़ाती जुबान से वह बोली, "आप इस रास्ते से न जाएं तो अच्छा होगा।"

ड्राईगन उसकी फरेब भरी बातें और दिल जीत लेने वाले अभिनय को देख हंस पड़ा। वह हंसता हुआ कहने लगा, "ये तुमसे किसने कह दिया कि यह पुल टूटने को है, क्या तुम्हें नहीं पता, जिस पुल के टूटने की बात तुम कह रही हो, हम और तुम दोनों उसी पुल के फर्श पर तो खड़े हैं।"

शैनशिका बड़े भारी असमंजस में फंस चुकी थी। वह लाज-ओ-शर्म से गढ़ी जा रही थी, क्योंकि गांव के आते-जाते सब लोग उसे देख रहे थे।

ड्राईगन इस व्यवहार को देख, अपनी नज़रें दौड़ाता उसका दुपट्टा खोज निकालने की गरज से इधर-उधर देखने लगा, तो थोड़ी ही दूर झाड़ियों में उलझन लाल रंग का चमचमाता दुपट्टा उसे नज़र आया।

ड्राईगन कदम बढ़ाकर वहां तक जा पहुंचा। शैनशिका उसकी इस अदा पर हसरत भरी निगाहों से उसे देखने लगी।

कुछ क्षण पश्चात् वापस लौटकर दुपट्टे को आगे करता चेहरे पर मुस्कान लिए ड्राईगन बोल पड़ा, "शरमाने की बात नहीं है, ये छोटी-छोटी गलतियां कोई माइने नहीं रखतीं।"

शैनशिका झूठी हंसी बिखेरकर, अपने गुस्से को छिपाती, अपने दुपट्टे को लेकर आगे बढ़ गई, किंतु वह अंदर-ही-अंदर अपनी सहेलियों पर इतना गुस्सा हो रही थी कि पूछो ही मत। वह ड्राईगन के चेहरे पर बार-बार उठती हंसी की लहरें देख, अपने गुस्से को काबू कर रही थी।

ड्राईगन कुछ सोच-विचारकर, शैनशिका से बातें करना भी चाहता था, लेकिन उसके परिणाम को सोच वह घबरा भी रहा था। उसके दिल में उठ रहे प्रश्न लाख कोशिशों के बाद भी दब नहीं पा रहे थे। वह प्यार भरे शब्दों से बुने प्यारे वाक्यों में शैनशिका के दिल को भेदने लगा। वह उसके दिल को टटोलना चाहता था, अतः वह प्रश्न कर ही बैठा, "तुमने तो कहा था अगली मुलाकात में स्वतः सब कुछ पता चल जाएगा, पर यह क्या अगली मुलाकात के दो-चार पल भी बीत गए और मैं अभी भी यह जान ही नहीं पाया कि तुम्हारा नाम क्या है?"

शैनशिका ने अपनी नीली आंखों से प्यार उंड़ेलते हुए कुछ कहना चाहा, पर न जाने क्यों शरमाती हुई अपनी चेहरे को उसकी नज़रों से चुराने की कोशिश करने लगी और नज़रें झुकाए सिर्फ़ कदम-से-कदम मिलाकर उसके साथ चलती रही।

ड्राईगन थोड़ी देर खामोश रहा, किंतु कुछ पल बाद अपनी जेब से लाल रंग का रेशमी रूमाल निकाल उसे आगे बढ़ाता हुआ बोला, "तुम्हारे चेहरे पर पसीने की बूंदें उभर आई हैं, लो इससे पोंछ लो।"

शैनशिका उस रेशम के टुकड़े को पाने के लिए अपने आपको तैयार करे, इससे पहले ही ड्राईगन बोल पड़ा, "तुम तो ऐसे शरमा रही हो, जैसे कोई नयी-नवेली दुल्हन ससुराल वालों से शरमाती है।"

शैनशिका को ये शब्द सुनकर बहुत हंसी आई। वह हंसी को रोक नहीं पाई और दिल खोलकर हंसने लगी।

उसकी खनखनाती हंसी की खूबसूरत ध्वनि से वादियां गुंजित हो उठीं। ड्राईगन तो कुछ पलों के लिए खामोश उसके बदलते अंदाज को देख हैरान रह गया, पर शैनशिका हंसती रही, खिलखिलाती रही। वह कहने लगी, "अच्छा, तो आप मेरा नाम जानना चाहते हैं। तो ठीक है मेरे नाम का पहला अक्षर 'श' से बनता है, इसलिए आप ऐसे दो-चार नाम लें, जिसका पहला अक्षर 'श' से शुरू होकर, मेरे नाम के साथ खत्म होता हो तथा ऐसा करने के उपरांत, आप स्वतः मेरे नाम को जान जाएंगे और मैं जो यह कहती हुई चली गई थी कि अगली मुलाकात में स्वतः सब कुछ पता चल जाएगा, यथासंभव वह सत्य भी हो जाएगा तो बताइए क्या आप इसके लिए तैयार हैं।"

ड्राईगन कुछ पलों के लिए असमंजस में पड़ गया, परंतु हां-न की उलझन के आगे अंततः उसे शैनशिका की बातों को ही मानना पड़ा।

ड्राईगन ने 'श' की रट लगाते हुए न जाने कितने शब्दों को इधर का उधर कर दिया, लेकिन 'श' से शैनशिका का स्वरण तक न हुआ, अंततः शैनशिका को अपना नाम खुद ही ज़ाहिर करना पड़ा।

ड्राईगन मज़ाक भरे लफ़्जों में बोला, "इन चार अक्षरों के लिए इतनी खुशामद भारी पड़ेगी, शैनशिका।"

"अएं, वह कैसे? मैंने तो अपना परिचय दे भी दिया है, पर अभी तक आपने ही खुद अपने बारे में कुछ भी नहीं बताया है। यह तो बिल्कुल ऐसी बात हो गई, उलटा चोर कोतवाल को डांटे।"

"अच्छा! मेरी मां अब माफ़ भी करो, क्या सारा दोष एक बार में ही थोप डालने का विचार है? खैर, मेरा नाम कोई साहित्यिक तो है नहीं, बस लोग प्यार से मुझे ड्राईगन कहते हैं। अगर तुम्हें यह नाम पसंद न हो तो बादल, झरना, पहाड़ कुछ भी कह सकती हो, मुझे कोई एतराज नहीं।"

"परंतु ऐसे कैसे कुछ भी कह दूं। यह भी कोई बात हुई।"

"खैर, अब लेकिन-किंतु-परंतु छोड़ो, बाबा का घर सामने आ चुका है। तुम अपने घर का पता दो, ताकि अगली बार जब इन वादियों में आऊं तो तुमसे मिल सकूं।"

शैनशिका हंसती हुई कहने लगी, "अरे छोड़ो भी, जब घर तक आ ही गए हो तो मेरे हाथों का बना खाना खाकर ही जाओ, ताकि लाख कोशिशों के बाद भी मुझे भुला न सको।"

ड्राईगन ने आश्चर्य व्यक्त करते हुए कहा, "अच्छा, तो यह घर तुम्हारा है, लेकिन तुमने तो कुछ और ही कहा था, ऐसा लगता है, पहली मुलाकात में ही मूर्ख बनाने का पूरा इरादा था, पर देख लेना बदला लेकर रहूंगा।"

"अच्छा बाबा, अब माफ़ भी करो, क्या घर के बाहर ही रहना है या फिर घर के भीतर भी चलोगे। उसके बाद जितना गुस्सा आए कर लेना, मैं एक शब्द नहीं बोलूंगी।"

शैनशिका उसके हाथ को पकड़ घर की तरफ बढ़ी। देवदार के लंबे पेड़ हवा के झोंकों से झूम रहे थे। पास बहती नदी में अनगिनत खिले कमल के फूल गांव की सुंदरता को बढ़ा रहे थे।

शैनशिका अपने प्रांगण को एकदम साफ-सुथरा एवं फूलों से सज़ा देख हैरान हो गई। उसे यह ज्ञात ही नहीं हो पा रहा था कि उसकी अनुपस्थिति में सारे काम कर कौन गया, यथाशीघ्र ड्राईगन को चारपाई पर बिठा आवाज़ लगाती घर के भीतरी पार्श्व की ओर गई। वहां बाबा पूजन-कार्य में ध्यान-मग्न थे और वह इस बदले नजा़रे को देख आश्चर्य व्यक्त करती खुद से प्रश्न कर बैठी, 'हर रोज तो मेरे आने के बाद ही बाबा ध्यान के लिए बैठते थे, लेकिन आज बिना पुष्प और क्रिया-कर्म किए आसन पर बैठ गए, आखिर उन्हें हो क्या गया है।'

एकाएक घर के बाहर किसी के हंसने की आवाज़ सुन दौड़ती बाहर चली आई तो अपनी सहेलियों की बातें सुने, खुद ही हंस पड़ी और हंसते हुए कहने लगी, "अच्छा, तो यह सब तुम लोगों का किया-धरा है, लेकिन तुम सबने ऐसा किया क्यों, और वह बेहूदा मज़ाक? थोड़ी देर के लिए तो मेरी जान ही निकल गई थी, खुदा न खासता, उस वक्त वहां मौजूद होतीं तो मैं सबका मुंह नोच लेती, आखिर कहीं ऐसा भी मज़ाक होता है?"

उसकी सहेलियां भी कुछ कम नहीं थीं, "अरे, अब छोड़ो भी, तुमने जैसा चाहा हम लोगों ने वैसा ही किया। घर को साफ कर रोज की तरह सजाते हुए पनघट से पानी लाकर रख दिया है तथा तुम तो जानती ही हो, इन वादियों में फूलों की कमी है नहीं, सो बस फूलों की माला बना बाबा को पूजा के लिए सौंप दी और तुम हो कि इन सभी कार्यों के लिए धन्यवाद देने की जगह गुस्सा कर रही हो। ये अच्छी बात नहीं।" सभी अकड़कर बोलीं।

शैनशिका ने अपने ही हाथों को अपने सिर पर धीमे से फिल्मी नायिका की तरह–ऐश्वर्या राय की तरह बजाते हुए अपनी खूबसूरत मुंडिया सिकोड़ कर अपनी ग़लती का इज़हार किया और सभी से माफ़ी मांगते हुए बोली, "अच्छा, यह बताओ बाबा ने कुछ कहा भी।"

"खास कुछ नहीं, बस इतना कि आए मेहमान को जल-पान कराकर बैठने के लिए कह देना।"

शैनशिका ने आश्चर्य व्यक्त किया, "तुम लोगों ने यह भी कह दिया कि आपके घर कोई आने वाला है और शैनशिका भी उसी के साथ आ रही है।"

"देखो, यह अच्छी बात नहीं है। बाबा क्या सोचेंगे?" शैनशिका नाराज़गी से बोली।

"अरे, तुम नाराज क्यों होती हो, बाबा कुछ कहें तो कह देना आपने ही तो कहा था, मेहमान का आदर-सत्कार करना ईश्वर की भक्ति से कम नहीं होता, इसलिए अब तुम नाराज़गी छोड़ो और उस बेचारे के खान-पान की खबर लो, बहुत दूर से आया होगा, भूख लगी होगी और हमारे घर भी बहुत सारे काम पड़े हैं, हम चलीं।" यह कहती सारी लड़कियां चलती बनीं।

ड्राईगन चारपाई पर बैठ उन सभी की बातों को सुनने की कोशिश कर रहा था, लेकिन सुन नहीं पाया। खैर, ड्राईगन का दिल और दिमाग एक साथ काम नहीं कर पा रहा था। कभी सोचता, किसी की बातों को सुनना बुरी बात है, तो कभी कुछ और ही सोचने लगता। हालांकि लड़कियों की फुसफुसाहट भी कुछ कम नहीं होती। वे इतने धीमे बोलती हैं कि खुद के बोल ही खुद के कानों तक पहुंच पाना मुश्किल हो जाता है, तो दूर खड़े होकर सुन पाना तो शीर्षासन करने जैसा ही है।

ड्राईगन, शैनशिका को अपनी ओर आता देख उठ खड़ा हुआ था उसने उसके आगे बाबा अल्तमस से मिलने का प्रस्ताव रखा।

शैनशिका उसकी बातों को काटती हुई बोली, "नहीं, अभी नहीं! अभी-अभी तो आए हो, थोड़ा आराम कर लो। बाबा नित्य-क्रिया से मुक्त होकर आ ही रहे होंगे, फिलहाल हम दोनों कुछ बातें कर लेते हैं, ताकि तुम्हें यह एहसास न हो कि यह वादी मेरे लिए अजनबी-सी है, मुझसे दो बातें करने वाला भी कोई नहीं और बैठे-बैठ किसी के इंतजार में घुटन महसूस करना, तुम्हें भी अच्छा नहीं लगेगा। इसलिए तुम्हारी मायूसी को दूर करने के लिए मुझे कुछ तो करना ही पड़ेगा, आखिर तुम मेहमान जो ठहरे तथा दूसरी तरफ अतिथि को मायूसी में रखना कितना बड़ा पाप है। खैर, यह सजी चारदीवारी मेरे घर की है और फूलों से सुशोभित यह गांव, देख रहे हो कितना सुंदर लगता है। मुझे नहीं लगता है इस गांव में कोई ऐसा भी व्यक्ति होगा, जिसका मन इन वादियों से ऊब चुका हो। लेकिन जहां तक सच्चाई है इस वादी में मेरे सिवाय कोई भी ऐसा व्यक्ति नहीं, जिसका मन इन वादियों में नहीं लगता है। किंतु कभी-कभी यह हंसता उपवन, मेरे मन को काटने को दौड़ता है, जैसे इन वादियों में मेरा दम घुटता हो।"

ड्राईगन खामोश शैनशिका की आंखों में आंखें डाल, उसके इस बदलते अंदाज को देख हैरान हो रहा था।

शैनशिका झूठी हंसी बिखेरते हुए बोली, "मैं जानती हूं, तुम्हें यह बातें सुनकर आश्चर्य होगा कि इसे देखते-देखते हो क्या गया है, लेकिन जहां तक मेरा मानना है, अपने दिल की बात किसी के दिलों तक पहुंचा देने से दिल का बोझ तो कम नहीं हो सकता, लेकिन उस बोझ को उठाए रखने का एहसास नहीं रहता। कहा जाता है, कुछ दूर, कुछ पास, दिल के जो खास वही है, एहसास और तुम मेरे लिए वही एहसास हो, जिसे देखकर ऐसा लगता है, अपने दिल के हर जज्बात को सामने रख दूं और वैसे भी इतनी बड़ी ज़िंदगी में तुम्हीं एक पहले शख्स हो, जिसके साथ मैंने इतनी बातें की हैं तथा तुम्हारे साथ रहना और तुमसे बातें करना, मुझे अच्छा भी लग रहा है।

शायद तुम बाबा से पहली बार मिल रहे हो, इसलिए उनके आचरण से वाकिफ़ नहीं हो, मुझसे दो बातें करने के लिए भी उनके पास वक्त

नहीं होता। सिर्फ़ ईश्वर की भक्ति और जब देखो तब हाथों में माला लिए फेरते रहते हैं, पता नहीं ऐसा करने में क्या लाभ है, और उन्हें क्या चाहिए? मैं तो तंग आ चुकी हूं।

जब तक मैं अपनी सहेलियों के साथ होती हूं तो खुश और हंसती रहती हूं, पर जब अपने घर अकेली पड़ जाती हूं तो ऐसा लगता है कि मुझसे दो बातें करने वाला भी कोई नहीं है। सोचती हूं काश! मेरे सिवा इस घर में कोई और भी होता जिससे मैं ढेर सारी बातें कर सकती, परंतु ऐसा हो नहीं सकता।" शैनशिका ने नाराज़गी भरे लहजे में कहीं।

ड्राईगन ने जानना चाहा, क्या तुम्हारे माता-पिता इस दुनिया में नहीं रहे, परंतु शैनशिका की बातों से मालूम पड़ रहा था कि वह भी उसी की तरह अनाथ है। किंतु किसी के बीते हुए कल को याद दिलाकर उसे रुलाना, ड्राईगन को अच्छा नहीं लगा, क्योंकि उसे एहसास था कि मां-पिता के खोने का कड़वा दुःख क्या होता है, इसलिए न ही बीते हुए कल को याद करना वह पसंद करता था और न ही किसी को रुलाना। उसने माहौल की संजीदगी को बदलने के लिए कहा, "तुम्हारी ज़िंदगी मेरे जीवन-चक्र से थोड़ी-बहुत मिलती-जुलती-सी लगती है, इसलिए तुम्हारे दर्द को समझ सकता हूं, पर जहां तक मेरा अनुभव है, बाबा ऐसा सपनों में भी नहीं सोचते होंगे कि वह तुमसे दूर रहें या फिर उन्हें कोई चिंता ही नहीं है। तुम्हारी खुशी को लेकर चिंतित न रहते हों। सिर्फ़ अपने कार्यों में लगे रहते हैं, इसके पीछे अवश्य कोई वजह है, इसलिए तुम इन ख्यालों को छोड़ अपनी इस बहती हुई ज़िंदगी के साथ कदमताल मिलाकर चलती रहो तथा वक्त स्वयं सवालों के जवाब दे देगा। और यह कभी मत भूलना कि जीवन फूलों की सेज नहीं है, राह में फूलों की जगह कांटे कहां मिल जाएंगे, यह कोई नहीं जानता। लोगों ने सच ही कहा है, दुःख की परछाईं बंद दरवाज़े को एक बार नहीं हजार बार खटखटाती है, जब तक कि दरवाज़ा खुल न जाए। लेकिन सुख की परछाईं उसी बंद दरवाज़े को सिर्फ़-और-सिर्फ़ एक बार खटखटाती है। अगर दरवाज़ा खोल दिया जाए तो ठीक है, नहीं तो दुःख में ही घिरे रहो। पर हमारे कहने का अर्थ यह नहीं कि दुःख से घबराकर हम संघर्ष-विमुख हो जाए, बल्कि मैं तो यही कहना चाहता हूं कि दुःख तो हमारा जीवन-साथी है, जो हरेक कदम पर

हमारे साथ होता है। परंतु सुख एक बार आकर पतझड़ की तरह चला जाता है, मनुष्य का जीवन ही दुःखमय और संघर्षमय है, इससे कभी मुंह नहीं मोड़ सकते।" इस तरह की बातें करते हुए समय का पहिया ऐसा घूमा कि सूर्य सीधा सिर पर आकर अपनी गर्माहट उगलने लगा था। बाबा अल्तमस अपने कार्य को संपन्न कर घर आए मेहमान से मिलने के लिए कुटिया से बाहर आए। एक हृष्ट-पुष्ट नौजवान लड़के को देखकर दंग रह गए आखिर दंग होने वाली बात जो थी, क्योंकि आज से पहले वह कभी ड्राईगन से मिले ही नहीं थे। और अचानक एक अजनबी का आना तथा वह भी खास कर बाबा से मिलने, आश्चर्य की बात तो थी ही।

अचानक किसी के कदमों की आहट सुन शैनशिका ने पीछे की ओर मुड़कर देखा। बाबा कौ अपनी ओर आता देख उसने खुशी ज़ाहिर की। ड्राईगन को सावधान किया।

ड्राईगन ने शीघ्रता से आगे बढ़कर आदर भाव के साथ बाबा के चरणों में झुककर अभिवादन किया।

बाबा ने भी नम्रता के साथ शालीनतापूर्ण व्यवहार से आशीर्वाद देते हुए पूछा, "कहो, नवयुवक कैसे आना हुआ, सब कुशल-मंगल तो है। पर मैंने तुम्हें पहचाना नहीं, खैर यह बताओ, तुम दूर से आए होंगे। शैनशिका ने कुछ खान-पान के लिए पूछा या नहीं, या फिर बातों में ही उलझाए रखा।"

"खास कुछ नहीं, बस आपके इंतजार में समय को काट रहा था और ऐसे भी काम के आगे जलपान ज़रूरी नहीं समझता, पहले जिस कार्य को लेकर यहां आया हूं उसे संरजाम दे लूं, उसकी समाप्ति के बाद आगे जैसी आपकी इच्छा, वैसा ही करूंगा।"

बाबा अल्तमस चेहरे पर हंसी बिखेरते हुए बोले, "बातें तो अच्छी बना लेते हो, किंतु अपना परिचय तो दो।"

"जी, मेरा नाम 'फ्रयुरियस' है। पर लोग प्यार से 'ड्राईगन' कहकर ही बुलाते आए हैं। पहाड़ी के उस पार मेरा परिवार अर्थात् मेरा घर हैं। मेरे परिवार में मां-बाप अब नहीं रहे। छोटा भाई तथा एक प्यारी-सी बहन ही रह गए हैं और उन दोनों का मां-बाप, भाई सब कुछ सिर्फ़ मैं ही हूं।"

ड्राईगन ने यह सारी बातें शालीनतापूर्ण ढंग से बाबा अल्तमस को कह सुनाईं। बाबा ने दुःखभरी आंखों से सांत्वना देते हुए कहा, "बुरा मत

मानना बेटा, मुझे तुम्हारे माता-पिता के खोने का दुःख है। पर एक बात याद रखना, जिसका कोई सहारा नहीं होता, उसका सहारा ऊपर वाला होता है। और इन बातों का एहसास तुम्हें अवश्य हुआ होगा। खैर, यह बताओ मैं तुम्हारी किस प्रकार सहायता कर सकता हूं।"

ड्राईगन ने वे सारी बातें साफ-साफ शब्दों में पूछ लेनी चाहीं जो उसके दिमाग में पहेली बनकर उलझनें पैदा कर रही थीं, जिन्हें सुलझा पाना उसके बस की बात नहीं थी। पर वह यह सोचकर खामोश था कि बाबा उसके प्रश्नों के उत्तर दे भी पाएंगे या नहीं।

ड्राईगन को खामोश देख शैनशिका बोल पड़ी, "ऐसी क्या बात है जिसे प्रकट करने में इतना वक्त लग रहा है, जो कुछ भी उलझने हैं साफ-साफ शब्दों में कह दो तथा उसके बाद आपकी समस्याएं सिर्फ़ आपकी ही नहीं, बल्कि हमारी भी हो जाएंगी। उन्हें सुलझाने में हमारी भी भागीदारी सुनिश्चित हो जाएगी। क्यों बाबा, मैं सही कह रही हूं न!"

"हां, बेटे! शैनशिका का कथन सत्य है, जो कुछ भी परेशानियां हैं खुलकर कहो, हर तरफ से तुम्हारी सहायता के लिए हम तत्पर हैं।"

ड्राईगन, बाबा और शैनशिका की बातों से संतुष्ट हुआ। उसे पूर्ण विश्वास हो चुका था कि अब उसकी उलझनों का समाधान हो जाएगा और उस रहस्यमयी हवेली का खुलासा, उसकी आंखों के सामने होगा। किंतु अभी भी उसके दिल में एक वहम बाकी था। आखिर कोई कितना भी सांत्वना क्यों न दे पर जिस चीज का खौफ़ एक बार दिल में बैठ जाता है, उसे लाख भुलाने के बाद भी भुलाया नहीं जा सकता, वह अपनी थोड़ी-बहुत छाप छोड़ ही जाता है और अब वही बातें उसके दिल में थीं। इसलिए वह थोड़ा लड़खड़ाया, उसने खामोश हवेली के प्रश्नों को सामने रखने का प्रयत्न किया।

बाबा ने उसके मुख से हवेली का नाम सुनकर उसे चुप हो जाने को कहा। ड्राईगन अपना प्रश्न पूरा भी नहीं कर पाया और खामोश प्रश्नों के लिए खड़ा-खड़ा बाबा के इस व्यवहार से दुःखित होकर उसका सिर शर्म से झुक गया। किंतु दूसरे ही पल उसका खिंचाव शैनशिका की तरफ हुआ। उसने देखा बाबा शैनशिका को समझाते हुए कह रहे थे, "जाओ,

जाकर भोजन का प्रबंध करो। आपके घर कोई अतिथि आए हैं, क्या उन्हें भूखा ही रखना है।"

शैनशिका आदेश अनुसार उनकी आज्ञा का पालन करने चली गई।

"हां, अब कहो, क्या कहना चाहते हो।" बाबा ने तपाक से पूछा।

पर अब तो ड्राईगन के दिलों में एक और ही नया प्रश्न जन्म ले चुका, जिसका उत्तर उन प्रश्नों के उत्तर से पहले जान लेना चाहता था। वह प्रश्न कुछ और नहीं, सिर्फ़ यही था कि आप शैनशिका को शायद इन सारे ख्यालों से दूर रखने के प्रयास में हैं?

बाबा ने ड्राईगन की हां में हां भरते हुए कहा, "तुम्हें शायद नहीं पता, उस खौफ़नाक हवेली की आपबीती तथा मेरी समझ के अनुसार शैनशिका वे सारी बातें जानकर भयभीत तो होगी ही और साथ-ही-साथ उसे यह भी पता चल जाएगा कि मैं अपने बीते हुए को उन काली-शक्तियों से लड़कर तथा आने वाले कल में ही हवेली से जुड़ी प्रेत-आत्माओं से लड़कर गुजार दूंगा। तब यह जानकर उसे बड़ा दुःख होगा। यह सोचकर कि बाबा के पास इन सारी फालतू बातों के लिए वक्त होता है पर उससे प्यार भरी दो बातें करने के लिए, उनके पास कोई वक्त नहीं होता। पर मैं क्या करूं इन रस्मो-रिवाज के बंधनों से जकड़कर पूरी तरह अपने आपको उलझाए हुए हूं। जिससे बाहर निकल पाना मुमकिन नहीं है। ये सारे हालात मेरी मौत के साथ ही खत्म हो सकते हैं।

दुनिया वाले पीठ पीछे न जाने क्या-क्या कहते फिरते हैं। कभी सुनाते हैं, बाबा सिर्फ़ हाथों में माला लिए धर्म बटोरने में लगे रहते हैं और घर में एक जवान लड़की बिन ब्याही बैठी है, उसके हाथ पीले करने की उन्हें कोई चिंता नहीं।

न जाने लोगों ने कौन-कौन-से इलजाम मुझ पर थोप डाले हैं, किंतु उन्हें यह पता नहीं कि मेरे हाथों में माला लिए और देर-देर तक ईश्वर की भक्ति में खोए रहने का कुछ तो राज होगा और जिस दिन वे लोग सारी बातें जान गए तो मुझ पर लगाए गए सारे इल्जाम फीके पड़ जाएंगे। खैर, यह सब छोड़ो। तुमने शायद सुना ही होगा, कुछ तो लोग कहेंगे, लोगों का काम है कहना, उन्हें कहने दो। यह बताओ, तुम उस हवेली के विषय में कुछ कहना चाहते थे?"

हवेली का नाम सुनते ही उसकी आंखों के सामने वह सारा दृश्य चलचित्र की तरह छा गया, जिसे याद कर अभी भी रोयें खड़े हो जाते थे। वह सारी बातें जान लेना चाहता था, जिसके लिए वह इतनी दूर चलकर आया है। और साथ-ही-साथ दिल में दबी हर बात को साफ-साफ शब्दों में पूछ लेना चाहता था, जिसका उसे डर था। इसी के साथ उन सभी बातों को भी याद किया, उस अतीत को शब्दों में उभार दिया जो उसकी ज़िंदगी की पहली खौफ़नाक तथा डरावनी रात में घटित हुआ था, जिसे याद करना भी अब वह गुनाह समझता था।

बाबा उसकी सारी बातें सुन एक खामोश नज़र से उसे देखने लगे। दूसरे ही पल उनके होंठों से मात्र इतना ही निकला, "तुम एक भाग्यशाली युवक हो, जो उस हवेली तक जाकर सही-सलामत लौट आए। आज से पहले न जाने कितने हिम्मत वाले उधर गए पर अब तक उनमें से कोई भी वापस नहीं लौटा और अगर लौटा भी तो सिर्फ़-और-सिर्फ़ उसका शव।

मैं तुम्हारी इस बहादुरी की कद्र करता हूं। पर इस बहादुरी से भी ज़्यादा कद्र करने वाली वस्तु तुम्हारे गले में लटक रहा ताबीज है, जो शायद तुम्हारे माता-पिता की दी हुई निशानी है। इसी ताबीज के कारण आज तुम जिंदा हो।"

परंतु न जाने क्यों, इतना कुछ हो जाने के बावजूद भी ड्राईगन को विश्वास नहीं हो पा रहा था। क्या सच में इस दुनिया में प्रेत-आत्माओं की एक योनि है या फिर मैं कोई डरावना स्वप्न देख रहा था।

बाबा इन प्रश्नों का उत्तर सरल एवं उचित तर्क-संगति से देना चाहते थे, जिसे सुनकर उसे पूरी तरह संतुष्टि हो जाए। इसलिए उत्तर देने से पहले अपने में झांककर उसने स्वयं से ही कई प्रश्न किए।

"इतने बड़े ब्रह्मांड में यह कहना कि सिर्फ़ पृथ्वी पर ही जीवन संभव है तो क्या इस बात को तुम मान लोगे।"

"खैर, मैं तो नहीं मानूंगा।" बाबा ने दबाव के साथ कहा।

"उसी तरह इस दुनिया में न जाने कितनी ऐसी वस्तुएं बिखरी पड़ी हैं, जिनका ज्ञान हमारे पास नहीं है। इसलिए वे सारी वस्तुएं अनुपयोगी और व्यर्थ हैं। जिस दिन इस अधूरे ज्ञान को पूरा कर लेंगे तो एक नयी खोज हमारे समाज में पनपेगी, लेकिन थोड़ी देर के लिए हम यह भूल

जाते हैं कि जितनी भी खोज हमने अब तक की है वे सारी बातें हमारी धरती के पूर्वज हमसे बहुत पहले ही कर चुके थे, देख चुके थे।

जिस तरह विद्युत के तार में करंट होता है परंतु उसे हम देख नहीं पाते, सिर्फ़ और सिर्फ़ महसूस कर सकते हैं। किंतु बिजली बराबर अपना काम करती रहती है, उसी प्रकार ईश्वरीय शक्ति तथा प्रेत-योनि भी अदृश्य रूप में हमारे साथ हैं, लेकिन उन्हें देख पाना हर किसी के लिए संभव नहीं है। अगर ऐसा नहीं होता तो हमारे दिल में उन शक्तियों के लिए कोई खास जगह नहीं होती। किंतु, कभी-कभी रात के अकेले में उन शक्तियों को याद कर, हमारे रोयें खड़े हो जाते हैं, आखिर ऐसा क्यों होता है। जब लोगों का मानना है कि इस दुनिया में बुरी आत्मा नाम की कोई चीज ही नहीं है तो मनुष्य इन चीजों को याद कर आखिर डर क्यों ज़ाता है?

इससे स्पष्ट होता है कि इस ब्रह्मांड में ऐसी कोई शक्ति है, जिसे देख पाना तो मुश्किल है लेकिन हमारी रूह उसे महसूस कर लेती है। और अगर अभी भी तुम्हें विश्वास नहीं होता हो तो उस पल को याद करो, जिस पल तुम्हारी इन नंगी आंखों के सामने सारा हादसा तुमसे रू-ब-रू होकर गुजरा था। जिसे भुला पाना हर किसी के लिए मुमकिन नहीं। अब विश्वास करना या न करना तुम्हारे हाथों में है। रही बात हमारी योनि और उनकी योनि के बीच का संबंध, तो तुम खुद ही सोच सकते हो उनकी दुनिया से हमारी दुनिया कितनी दूर है। जब हम उनके लिए भला कुछ नहीं सोच सकते तो क्या पता वह हमारे लिए अच्छा चाहते हैं या बुरा? किंतु वे अपनी दुनिया में ही रहना चाहते हैं और उन्हें हमारे समाज से कोई वास्ता नहीं। लेकिन कुछ लोग अपने स्वार्थ के लिए मंत्र-विद्या का दुरुपयोग कर उन्हें इस दुनिया में खींच ला प्रेत-आत्मा बनने को विवश कर देते हैं, और वही हमारे समाज के लिए बुरा साबित होता है। सच पूछा जाए तो वे न ही हमारे लिए अच्छे हैं और न ही बुरे। वे परमात्मा का एक अंग हैं, जो एक निश्चित समय के अंतराल तक धड़कता है और पुनः परमात्मा में ही विलीन हो जाते हैं।"

ड्राईगन इन बातों से पूरी तरह अनजान था। वह कुछ समझ नहीं पा रहा था कि इन सभी बातों का मतलब क्या है? वह हवेली प्रेत-प्रकोप से किस तरह प्रभावित हुई, उसका सारा साम्राज्य तिनके की तरह क्यों और कैसे

बिखर गया, तथा क्या वह प्रेत पुनः मुझ तक पहुंचने की कोशिश करेगा। इन सारे सवालों को ड्राईगन ने एक साथ बाबा के सामने प्रकट किया।

बाबा अल्तमस उसकी बातें सुन-समझ गए कि जब तक इसे हवेली से जुड़ी पूरी आप बीती नहीं सुनाई जाएगी तब तक इन सारे सवालों का उत्तर समझ पाना इसके लिए मुश्किल है, इसलिए सोच-समझकर उन्होंने निर्णय लिया कि हवेली से जुड़े तमाम रहस्यों पर से पर्दा उठा दिया जाए। परंतु उससे पहले वह जान लेना चाहते थे कि ड्राईगन इन सारी बातों को जानकर आखिर हासिल क्या करना चाहता है?

ड्राईगन ने बाबा के इस प्रश्न का उत्तर दिया, "मैं इसीलिए इन सारी पहेलियों को सुलझाना चाहता हूं, क्योंकि आज से चंद दिनों पहले मैं इन सारी बातों से पूरी तरह अनजान था कि इस दुनिया के बाद प्रेत-आत्माओं की भी एक दुनिया है और उस दुनिया का सरदार कोई और नहीं बल्कि एक इंसान ही है, जो ब्रह्म-विद्या का दुरुप्रयोग कर अपने स्वार्थ के लिए लगातार हमारे समाज को असंतुलित करता चला आ रहा है। इस समाज का मैं भी एक नागरिक हूं और अपने समाज में हो रही इस बेजा हरक़त को देखकर चुप बैठ रहना एक जिम्मेवार नागरिक को शोभा नहीं देता। जहां तक कोशिश होगी, मैं इसे रोकने का प्रयास करूंगा। लेकिन उससे पहले इस आतंक की जड़ तक पहुंचना ज़रूरी समझता हूं और इसलिए यह जान लेना चाहता हूं कि वह इंसान कौन है जो काली-शक्तियों के बल पर हमारी प्रकृति से खिलवाड़ कर दुनिया के तमाम नियमों का उल्लंघन कर भय का जाल बिछाए हुए है।"

"मैं तुम्हारे उत्तर से संतुष्ट हूं। अगर तुम्हारे पास सुनने का वक्त है तो मैं तुम्हारे सारे प्रश्नों का उत्तर दे सकता हूं। किंतु सूर्य ने दिशा बदल ली है, शाम होने को है तथा तुम्हारी पहेलियों को समझाते-सुलझाते रात को देर हो जाएगी। तुम्हें घर भी लौटना है, क्योंकि तुम्हारे भाई-बहन तुम्हारा इंतजार कर रहे होंगे। इसलिए मैं यह भी नहीं कह सकता कि इस रात, तुम मेरे घर पर ही रुक जाओ। अगर तुम चाहते हो कि वक्त रहते तुम घर भी लौट जाओ और अपनी पहेलियों को भी सुलझा लो तो यह संभव नहीं है। क्योंकि तुम्हारे प्रश्न इतने उलझे हुए है, जिन्हें सुलझाते रात हो जाएगी। तुम्हें घर भी लौटना है, रात के अंधेरे में पहाड़ी जगहों पर

सफ़र करना, यूं भी खतरनाक होता है। खूंखार जानवरों से यह जगह खाली नहीं है, अब फैसला तुम्हारे हाथ में हैं। खैर, तुम चाहो तो तुम्हारे दोनों काम संपन्न हो सकते हैं, लेकिन उसके लिए तुम्हें थोड़ी मुसीबत झेलनी होगी। वापस तुम्हें गांव के रास्ते अपने घर को लौटना होगा, जो थोड़ा लंबा सफ़र है। घर वापस पहुंचते आधी रात गुजर जाएगी। तुम चाहो तो आज घर वापस लौट जाओ तथा कल सुबह नयी किरणों के साथ फिर चले आना।"

किंतु, ड्राईगन के लिए यह संभव नहीं था, क्योंकि वह इस काम को जल्द-से-जल्द अंजाम दे देना चाहता था। न कि कल के भरोसे समय को काटना या गंवाना, यह उसकी आदत न थी। हालांकि वह भलीभांति जानता था। कल करै सो आज कर, आज करै सो अब। इसलिए वह कल के भरोसे, आज को गंवाना नहीं चाहता था, चाहे उसे बड़ी-से-बड़ी मुसीबत का सामना ही क्यों न करना पड़े। वह तैयार था।

बाबा अल्तमस उसकी निडरता और हिम्मत भरे इरादे देख प्रसन्न थे कि आखिर मुझे ऐसा इंसान मिल ही गया, जिसका मुझे वर्षों से इंतजार था। जो मेरी जंग में कंधे-से-कंधा मिलाकर मेरा साथ दे।

जिसके अंदर सच्चाई एवं ईमानदारी भरी हुई है। और ऐसे व्यक्ति की तलाश बाबा को कब से थी। ड्राईगन उन सारे गुणों से भरपूर था, जो एक कामयाब इंसान के अंदर होना चाहिए।

दूसरे हा पल, बाबा अल्तमस गुजरे हुए उन लंबी यादों में खो गए, जो उनकी ज़िंदगी और उस खामोश हवेली की दर्दनाक दास्तां थीं, जो आज भी उनकी आंखों में घुली हुई और ताज़ी थीं, जिन्हें याद कर उनकी आंखें आंसूओं से डबडबा उठती थीं। बाबा अतीत में खोते देखने लगे—उस वक्त अठारहवें सावन की गोद में अपने ज़िंदगी के वे झूल रहे थे। यह उम्र ऐसी होती है कि इंसान हर खतरे से टकराने की हिम्मत रखता है।

राज्य के सिपाहियों में उनकी एक पहचान थी। राजा को अल्तमस नाम के नवयुवक पर गर्व था। अल्तमस के पिता (सोरियस) राज्य के एक महान् ज्योतिषी थे। जिनकी चर्चा विश्वविख्यात थी।

राज्य में शांति के साथ-साथ सर्वत्र प्रेम, एकता और सदाचार था। सभी नागरिक मेहनती तथा विचारवान थे। देखा जाए तो पूरा राज्य

कुशल और फला-फूला था। लोगों की जुवां पर आतंक का नामो-निशान तक नहीं था। यहां तक कि लोग यह भी नहीं जानते थे कि आखिर आतंक किस चिड़िया का नाम है। लेकिन बदकिस्मती थी, उस राज्य के बुरे दिन आ गए, जो धीमे-धीमे पूरे राज्य को निग़लते चले गए।

दुनिया की यही हक़ीकत है कि ज़िंदगी वह गुमराह अंधेरा है, जिसकी शुरुआत अच्छी हो तो अंत इतना बुरा हो जाता है, जिसे याद कर अगली बार जन्म लेने की चाहत तक खत्म हो जाती है। मुझे आज भी याद है वह दिन, जिस समय मैं अपनी युवावस्था पर गरुर किया करता था। लेकिन वक्त की चोट इतनी बुरी होती है कि सारे घमंड, सारे दर्प टूटकर चूर-चूर हो जाते हैं।

चाहत तो हर किसी की यही होती है कि वह साथ-साथ जीए, लेकिन समय के आगे इंसान इतना मजबूर हो जाता है कि साथ-साथ जीना तो दूर मरना भी मुश्किल हो जाता है।

देखा जाए, तो यह जीवन जीते जी ऐसी लाश बन जाता है कि मौत को भी पास आने में शर्म आने लगती है। कुछ ऐसा ही मेरे साथ भी हुआ। जीने की चाहत तो बची ही नहीं, चाहकर मरना भी मुश्किल हो गया।

ये सारे हालात सिर्फ़ और सिर्फ़ एक मतलबी इंसान के कारण पैदा हुए, जो अपने स्वार्थ तथा खुद की दुनिया सजाने के लिए हजारों-हजार इंसानों की मौत का कारण बन गया। और मछलियों के समान हंसती-खेलती एक खुशहाल राज्य की प्रजा को मगरमच्छ की तरह निग़लता चला गया।

यह सारी आपबीती उस समय की है, जब उस हवेली में राजा का शासन चला करता था और मेरे पिता सोरियस, राज्य के एक महान् ज्योतिषी हुआ करते थे तथा मेरी पहचान एक कुशल सेनापति की थी।

राज्य में सब कुछ ठीक-ठाक चल रहा था, किंतु उसी राज्य के एक मतलबी इंसान की नज़र राजा की गद्दी पर थी। वह अंदर-ही-अंदर नागरिकों की एकता को तोड़, उनके विचारों को गंदा और दूषित करता चला जा रहा था।

कहा जाए कि उसने दीमक की तरह धीरे-धीरे पूरे राज्य को चाटना शुरू कर दिया और कानों-कान किसी को खबर तक न होने दी। यहां तक कि मैं भी नहीं जान पाया कि मेरे इर्द-गिर्द रहने वाला एक इंसान राज्य

की एकता को तोड़ अपनी हुकूमत पैदा करने की चाहत रख रहा है। वह इंसान कोई और नहीं, बल्कि राज्य का ही एक जिम्मेदार सिपाही था। राज्य का सिपाही जब देश की सेवा करता है तो वही जमीन शान से सिर उठाए अपनी एकता और देश के सिपाहियों पर गर्व करती है, लेकिन यहां तो सब कुछ विपरीत हो रहा था। अगर उस हैवान की तारीफ़ टोकरी से फेंके गए सड़े-गले आम से की जाए तो भी उसकी तारीफ़ में यह सड़े आम की ही तौहीन होगी।

जिस तरह भरी हुई टोकरी में एक फल के सड़ जाने के बाद उसे निकालकर फेंक दिया जाता है अन्यथा वह सारे फलों को दूषित करने का कारण बन सकता है, उसी प्रकार जब एक बुरा इंसान समाज में पनपने लगता है तो उससे सिर्फ़ उस समाज को ही नहीं बल्कि पूरे राज्य को खतरों से जूझना पड़ता है।

वह इंसान जो अपने स्वार्थ में आकर, अपनी जमीर से गद्दारी से कर बैठे, उसे दुनिया में रहने का कोई हक नहीं है। किंतु हमारी बेबसी के कारण वह आज भी जिंदा है और आज़ाद पक्षियों की तरह, खुली वादियों में पूरे जी-जान से आतंक को संचालित किए हुए है। और मैं चाहकर भी कुछ नहीं कर पा रहा हूं। वह इंसान कोई और नहीं, हमारे-तुम्हारे जैसा ही एक साधारण मनुष्य है, किंतु अपनी कड़ी साधना के बल पर प्रेतात्माओं को वश में कर वह हमारे समाज में आतंक फैलाए हुए हैं। अगर उसे जल्द-से-जल्द रोका नहीं गया तो उसे फिर रोक पाना मुश्किल ही नहीं नामुमकिन हो जाएगा।

आने वाली इस पूर्णमासी की रात को उसकी कुंडली में मौत की रेखाएं दिख रही हैं। अगर इस मौके से चूक गए तो फिर लंबे इंतजार के बाद ही उसका कुछ बिगाड़ सकते हैं। मेरे जीवन के कुछ ही लम्हें शेष रह गए हैं, और इन बची हुई सांसों में किए गए, वे सारे वादे पूरा कर दुनिया छोड़ जाना चाहता हूं। लेकिन इन बातों से पहले मैं तुम्हें वह सारी आपबीती सुना देना चाहता हूं, जिसका तुम्हें लंबे समय से इंतजार है।

ये बातें उस समय की हैं, जब राज्य के राजा अपनी कार्य-कुशलता के कारण पूरे विश्व में चर्चित थे। ईश्वर का दिया सब कुछ उनके पास

था, कमी थी तो सिर्फ़ एक बेटे की, जो उन्हें निराश कर देता था। किंतु राजा की इकलौती बेटी 'ऐलिना' अपने पिता की खामोशी और उदासी को दूर करने के लिए एक बेटे का फ़र्ज अदा करती थी। राज्य का अधिकांश भार उसने अपने कंधे पर उठा लिया था, जिससे पिता को कभी एहसास न हो कि उनका कोई पुत्र नहीं है।

ऐलिना अपनी सारी जिम्मेदारियों से पूरी तरह अवगत थी और अपनी जिम्मेदारियों को समझते हुए निष्ठापूर्वक कार्य करती जा रही थी। उसकी कार्य-कुशलता से राजा अत्यंत प्रभावित और खुश थे। उन्हें कभी आभास तक नहीं हो पाया कि मेरा कोई पुत्र नहीं है, जो मेरी मृत्यु के बाद इस राज्य-भार को संभाल सके। किंतु किस्मत की लिखी लकीरों को कौन बदल सकता है, जो लिखा था वही हुआ।

मैंने उस बिलखते चेहरे को इन नंगी आंखों से गुजरता हुआ देखा है और मैं चाहकर भी कुछ कर नहीं पाया।

कुछ लोग अपने शब्दों में बहुत कुछ सच कह जाते हैं, पर यकीन तभी होता है जब वे रास्ते से गुजर जाते हैं।

मेरे पिता राज्य की कुंडली देख यह जान चुके थे, उन्हें यह भली-भांति आभास हो चुका था कि राज्य की बर्बादी का समय आ चुका है। और ये बातें राजा के कानों तक भी पहुंचाई गईं। किंतु राजा अपने राज्य की एकता और लोगों के बीच प्यार देख, इस भविष्यवाणी को मिथ्या मानते हुए, यह कहकर बातों को काट दिया करते थे कि जिस राज्य में लोगों के बीच प्यार, एकता और सदाचार हो, उसे भला कौन तोड़ सकता है। लेकिन हुआ वही, जो लिखा था। मेरे पिता द्वारा की गई भविष्यवाणी सत्य साबित हुई।

राजकुमारी मेरे गहरे आत्मविश्वास और कुशल तलवार बाज होने के कारण, मुझसे अत्यधिक प्रभावित थी। सेनापति होने के नाते, मेरा अधिकांश समय ऐलिना के आस-पास ही गुजरता था, जिससे सैनिकों के बीच रहने वाला वह इंसान, जो राज्य की बर्बादी का कारण बना, उसे मुझसे जलन होती थी।

ऐलिना की निगाहों में अल्तमस नाम के शख्स की थोड़ी इज्ज़त और कद्र थी। जिससे 'रैंडम' नामक उस शैतान से यह सब देखा न गया।

अंदर-ही-अंदर अपने दिल में उसने विष पैदा करना शुरू कर दिया और एक दिन ऐसा आया, जिसने पूरे राज्य को डस लिया।

ऐलिना और मेरे बीच का रिश्ता सिर्फ़ एक सेनापति और राजकुमारी का ही नहीं बल्कि एक अच्छे दोस्त का भी था और देखते-ही-देखते यह दोस्ती कब प्यार में बदल गई इसका हम दोनों को आभास तक न हो पाया। हम एक-दूजे को बेपनाह मोहब्बत करने लगे। मेरी तमाम सांसें और धड़कनें सिर्फ़ ऐलिना का नाम लेकर ही धड़क रही थीं अगर कोई कहता है, प्यार की भी कोई हद नहीं होती है, तो उस हद से भी अधिक मैं उसे अपने प्राणों से भी अधिक चाहने लगा था।

समय यूं ही गुजरता गया। मोहब्बत के सफ़र पर एक-दूजे का हाथ पकड़, प्यार के गीत दोहराते, हम खुशहाल पलों को यादों में कैद करते गए। पर न जाने हमारी चाहत और इस प्यार को किसी की नज़र लग गई और यहीं से बर्बादी का आलम शुरू हो गया।

रैंडम नामक वह सैनिक, हम दोनों के बीच का प्यार देख उससे रहा न गया। उसकी चाहत भी ऐलिना को पाने की थी, पर ऐलिना का झुकाव तो मेरी तरफ था। वह हमेशा मुझे तिरस्कार भरी निगाहों से देखता था, क्योंकि मैंने उसे कभी सेनापति बनने का मौका नहीं दिया था। पर इसमें मेरी क्या ग़लती?

सेनापति वही होता है, जिसकी बाजुओं में ताकत हो और जिसके पास गहरा आत्मविश्वास हो। लेकिन उसके पास तो ऐसा कुछ भी नहीं था। न ही कभी उसने इन गुणों को कभी पाने की कोई कोशिश की थी। और हमेशा ग़लत इरादों से राजा की गद्दी को पाने की चाहत रखता था। और तुम्हीं सोचो कि ऐसा इंसान क्या कभी सफल हो सकता है।

'नहीं न!'

पर साधन-शक्ति के दुरुप्रयोग के बल पर, वह अपने सारे इरादों को अंजाम देता गया।

रैंडम अपनी बाजुओं के बल पर कभी भी अपने सपनों को साकार नहीं कर सकता था, किंतु छल और सिद्ध की गई मंत्र-शक्ति के दुरुप्रयोग के बल पर उसने बहुत कुछ उलटा-पुलटा कर दिया।

जिस तरह वक्त के खामोश लम्हें हर जख्म को भर देते हैं।

खरोचें उसका क्या बिगाड़ेंगी।
जैसै समय ही उसके साथ था,
तो दुनिया क्या, खुदा भी उसका क्या बिगाड़ेगा।

खैर, हम तो एक इंसान ठहरे, हमारी मजाल ही क्या? पर हवेली और हमारे प्यार की बर्बादी के पीछे, मेरे पिता सोरियस का बहुत बड़ा हाथ रहा, परंतु इसमें उनकी भी क्या ग़लती। वह यह नहीं जानते थे कि जिस शिष्य को शिक्षा दे रहा हूं, वह कल दीक्षित होकर मुझे ही डस लेगा।

वह तो यह सोचकर अपने ज्ञान का दान कर रहे थे कि कल जब इस दुनिया को छोड़ मैं चला जाऊंगा तो इन शक्तियों का प्रयोग कर, दुनिया का हित करने वाला कोई तो होगा जिसे उनके बाद भी होना ही चाहिए, जो इस अमानत को ग्रहण कर लोगों का भला कर सके। किंतु, उन्हें क्या पता था जिस इंसान को इंसान की भलाई हेतु जो ज्ञान प्रदान किया जा रहा है, वह कल उसका दुरुप्रयोग करेगा। अगर इन बातों का उन्हें तनिक भी आभास होता तो न ही वह उस बुरे इंसान को दीक्षा देते और न ही प्यार भरी वह दुनिया लुटती और न ही वह हवेली आज वीरान होती।

मुझे क्या पता था कि हमारे प्यार की इतनी कम उम्र होगी, जो कि एक-दूसरे को जी भर देख लेने का भी दिल को एहसास न हो सका।

पूरा दिन तो राज्य की निगरानी में गुजर जाता था और जब रात होती तो मैं अपने शयन कक्ष में लौट आता था।

ऐलिना अपनी जिम्मेदारियों से मुक्त होकर, जब अपने कमरे को लौटती तो खिड़कियों से झांककर, मेरे शयन कक्ष की ओर देखती रहती, और उसी वक्त हम दोनों की नज़रें एक-दूसरे का मुआयना करती थीं।

कहने को दूरी होने के कारण हमारे होंठ तो सिले होते थे पर हमारी निगाहें दिल की हर बात बयां कर देती थीं।

छुप-छुपकर लोगों से नज़रें बचा, हर पूर्णमासी की रात, हम दोनों हवेली की छत पर मिला करते और प्यार भरी शरारत तथा ढेर सारी बातें करते। हम दोनों की ज़िंदगी का सबसे यादगार पल पूर्णमासी की रात होती। मैं एक नज़र से उसे देखता रहता, पता नहीं क्यों, दिल को ऐसा लगता दुनिया की सारी खूबसूरती एक तरफ और उसका सूरते-दीदार एक तरफ।

चांद की रोशनी में दूध-सा चेहरा मुस्कान लिए, अपने चेहरे से बिखरी जुल्फ़ों को हटाती, शरमाती, नज़रें झुकाए, धीमी आवाज़ से कहती, 'ऐसे क्या देख रहे हैं, अब मुझे दुनिया से चुरा इन आंखों में ही बसा लेने का इरादा है क्या?'

पर मैं सुनने कुछ वाला कहां, बस एक नज़र से उसे देखता ही रहता।

वह रूठकर अपने हाथों को छुड़ा भागने की कोशिश करती, पर मैं उसे जाने कहां देता। और वैसे भी, वह मुझसे भागकर दूर थोड़े ही जाना चाहती थी। यह तो उसका प्यार भरा नखरा होता था। किंतु न जाने क्यों, अपनी आंखों को आंसूओं में डुबोकर हर बार यही कहती थी, 'मुझे बहुत डर-सा लगता है। मुझे इस दुनिया से चुरा कर कहीं दूर ले चलो। मैं तुम्हारे बगैर नहीं जी सकती और मैं हमेशा की तरह यही कहता, तुम बेवजह क्यों डरती हो, मुझे तुमसे कौन छीन सकता है। क्या तुम्हें अपने प्यार पर विश्वास नहीं?

किंतु उसके जवाबों में बस यही मिलता, तुम पर विश्वास क्या करना? तुम तो मेरे लिए विश्वास से बढ़कर हो लेकिन मुझे इन दुनियावालों पर विश्वास नहीं है।

बाबा अल्तमस की आंखें आंसूओं में डूबी हुई थीं। ड्राईगन भी इस प्यार भरी दास्तां को सुन अचंभित था। पर इन सारी बातों का ये कोई अर्थ नहीं, उसके लिए सारे पल तो उनकी ज़िंदगी के खुश-मिजाज पल थे।

रैंडम बदले का भाव दिल में एक तरफ रख मेरे पिता को गुरु कहकर सम्मोहन शक्ति की शिक्षा प्राप्त करता जा रहा था, तो दूसरी तरफ उसका लक्ष्य सिर्फ़ और सिर्फ़ राजा की गद्दी और ऐलिना के गिरेबान पर था। इसके लिए वह हर कुर्बानी देने को तैयार था। अगर उसकी यह सारी सोच और बलिदान की भावना प्रकृति नियमानुसार साफ और शुद्ध होती तो शायद वह ऐलिना के प्यार और राजा बनने के काबिल हो सकता था, लेकिन उसकी सारी सोच दूषित थी, साजिशाना थी, पापों से भरी थी और पूरी ज़िंदगी में उसने मात्र इतना ही सीखा था कि जो वस्तुएं मांगने से न मिलें उन्हें साजिश करके छीन लेना चाहिए। लेकिन उसे क्या पता, प्यार का अर्थ होता क्या है?

प्यार तो कुदरत का दिया वह तोहफा है, जो न ही ताकत से और न ही बगावत से मिलता है। यह प्यार है और सिर्फ़ प्यार की भाषा से ही मिलता है।

रैंडम मेरे पिता की देख-रेख में मंत्र-शक्ति को पूरी तरह समझ चुका था और उसी ताकत के बल पर पूरी दुनिया पर अपनी हुकूमत पैदा करने की चाहत रखे था, लेकिन उसे इस सपने को पूरा करने के लिए मुझ जैसे कांटे को अपने रास्ते से निकालना ज़रूरी था, जो उसके लिए मुश्किल काम था।

जब पूरी तरह सम्मोहन-शक्ति के मंत्र-साधन को उसने अपने वश में कर लिया तो अब सवाल उस शक्ति के प्रयोग करने का था। रैंडम ऐसे मौके की तलाश में था ही कि कब ऐसा अवसर मिले और वह अपने इरादों में सफल हो जाए। इस वारदात में वह अकेला नहीं था, बल्कि उसका साथ देने वाले और भी कई गुप्त साथी उसके साथ थे।

उसने सम्मोहन-शक्ति का प्रयोग सीधा ऐलिना पर कर दिया। बस फिर क्या था? सम्मोहन-शक्ति के प्रभाव में आकर ऐलिना उसकी ओर आकर्षित हुई। वह पूर्ण-चुंबक की तरह उसकी तरफ खिंचती चली गई। ऐलिना की हालत यह हो गई, मानो अपनी ज्ञानेंद्रियों पर उसका अपना कोई बस ही न रहा हो।

न किसी से कुछ कहना और न ही किसी से पूछना, वह सिर्फ़ और सिर्फ़ रैंडम के दिखाए रास्ते को पकड़, उसकी तरह पागल-सी खिंचती चली जा रही थी। किंतु प्यार की ताकत देखो, जुर्म ऐलिना पर किया जा रहा था, पर उसका आभास और उसकी बेचैनी मुझे मिल रही थी।

एक दिन आधी रात को अचानक मेरी नींद टूट गई और मैं बिस्तर पर उठ बैठा। मेरा दिल न जाने क्यों ऐलिना के पास जाने को कह रहा था तथा दिल में कुछ अजीब-सी बेचैनी हो रही थी।

मैंने कमरे से बाहर निकल हवेली की तरफ देखा, हवेली के साथ पूरी दुनिया खामोशी की चादर ओढ़े गहरी नींद में सोई पड़ी थी।

ऐलिना के कमरे की खुली खिड़कियों से हवा का तेज़ झोंका परदे उड़ाता, उसके कमरे में प्रवेश कर रहा था।

मेरे अंदर गुस्से की फुलझरियां छूट रही थीं कि कम-से-कम सोते वक्त खिड़कियां लगाकर तो सोती। अगर ठंड लग गई तो किसे भुगतना

पड़ेगा। किंतु दूसरे ही पल मैंने ऐलिना को हवेली से बाहर निकलता हुआ देखा।

थोड़ी देर के लिए मैं यही सोच बैठा कि शायद वह भी बेताबी की हदें पार करती दुनिया से नज़रें बचा मुझसे ही मिलने चली आ रही है। किंतु, आज से पहले तो हमारी ज़िंदगी में ऐसा कभी हुआ नहीं था। और न ही हमने भी ऐसा कभी सोचा था कि बेचैन होकर कभी इस हद को भी पार करने की ऐसी कोई उतावली हो सकती है। इसलिए मेरा दिल इस बात को मानने के लिए तैयार ही नहीं था कि ऐलिना ऐसा ग़लत कदम उठा सकती है। वह भी मेरी इज़ाजत के बगैर। नहीं, यह नामुमकिन था। अवश्य ही माजरा कुछ और ही है, मेरे दिल से आवाज़ आई।

हवा तेज़ गति से बह रही थी, ऐलिना की नज़रों में एक अलग-सी चमक थी और एक अलग कदमों की चाल थी। वह पहले की अपेक्षा थोड़ी बदली-सी लग रही थी। जब उसके कदम मेरे शयन-कक्ष की ओर न जाकर, खंडहर की तरफ बढ़ने लगे तो मुझे खतरे की लाल ,झंडी साफ तौर से दिखने लगी थी। मैं अपनी म्यान से चमचमाती तलवार निकाल, उसके पीछे साये की तरह लग गया। हालांकि मैं चाहता तो ऐलिना को वहीं रोक सकता था, पर मुझे इस वारदात की जड़ तक जाना था, आखिर मैं एक सेनापति जो ठहरा। राज्य में क्या हो रहा है, इस बात की गहराई तक जाना मेरा फ़र्ज था और दूसरी तरफ ऐलिना की इज्ज़त और अपने प्यार की इज्ज़त, साथ ही राजा की इज्ज़त को भी बचाना था।

मैं ऐलिना की परछाईं बन हर कदम पर उसके साथ था, लेकिन उसे इस बात का तनिक भी आभास न हो, इसलिए छुप-छुपकर पीछा करता जा रहा था।

ऐलिना के कोमल पांव कांटे भरे रास्ते पर चलकर पूरी तरह घायल हो चुके थे।

मैं अपने दिल पर पत्थर रख सारे गुस्से को पिए जा रहा था और इस सब्र के सहारे सब कुछ बर्दाश्त करता जा रहा था कि जब इस बर्बादी की जड़ तक जा पहुंचूंगा तो उस शैतान का सारा किया-धरा मिट्टी में मिला दूंगा।

पर मनुष्य जितना सोचता है, जैसा सोचता है, वैसा होता कहां है। अगर मनुष्य की सोच के मुताबिक ही सब कुछ होने लगे तो वह दुनिया

का शहंशाह न बन जाए। किंतु आज तक सारे सपने पूरे किसके हुए हैं, जो मेरे होते।

मनुष्य की प्रकृति है कि वह कभी भी तृप्त नहीं होता। वह अधिक-से-अधिक पाना चाहता है और इसी कारण वह हमेशा अभावों में ही जीता रहता है, जिस दिन मनुष्य समझ जाए कि जितना मिल जाए, वह भी बहुत है। उसे प्रभु का परसाद समझना चाहिए तो मैं समझता हूं कि फिर वह कभी ग़लत इरादों से अपने सपने पूरा करने की कोशिश नहीं करेगा।

कितना बेरहम बेकदर है जमाना,
इस दुनिया को छोड़ आज हमें है जाना।
क्यों देखते हैं लोग सपने,
जब लोगों को इस मिट्टी में है मिल जाना।

अगर इन शब्दों पर गौर किया जाए तो ज़िंदगी की सारी हक़ीकत सामने आ जाती है, बस जो इसे न समझें, ऐसा समझने वालों के लिए खेद है।

हमारा यह जीवन एक-दूसरे पर आश्रित है। किसी का सहारा पाए बिना, साथ पाए बिना जी पाना बड़ा मुश्किल है। लेकिन रैंडम इन बातों को क्यों समझता, वह सारी इच्छा की परिपूर्ति और अपने सपनों को ग़लत इरादों से पाने की कोशिश जो कर रहा था। थोड़ी देर पहले तक इन नज़रों के सामने सिर्फ़ इतना ही दिख रहा था कि रैंडम सम्मोहन-शक्ति के बल पर ऐलिना को अपने इशारों पर नचाता हुआ उसे खंडहर तक खींचा लिए जा रहा है, पर जब मैं ऐलिना का पीछा करता हुआ खंडहर तक आ पहुंचा तो वहां के दृश्य को देख, मुझे खुद पर भी यकीन नहीं हो रहा था कि रैंडम इन हदों को भी पार कर सकता है। मैं तो ऐसा सोच भी नहीं सकता था।

एक तरफ मेरे पिता सोरियस तो दूसरी तरफ राजा, जंजीरों में जकड़े खड़े थे।

यह सब कैसे, कब और किस तरह हो गया, मैं जान भी नहीं सका। किंतु मैंने इन पहेलियों को समझने में तनिक भी देर नहीं की। और रैंडम के बनाए गए सारे गणित को अच्छी तरह पढ़ लिया। किंतु इससे पहले ऐलिना होश में आ जाए और अपने आपको हवेली के बंद कमरों में न पाकर खुद को इस वीरान खंडहर में पाए और होश खो बैठे, मैं तलवार

खींचकर उन दरिंदों के सामने आ खड़ा हुआ और एक बांह से ऐलिना को थाम अपनी तलवार की चमचमाती धार पर शेरों की तरह दहाड़ने लगा।

मेरा खून गुस्से से उबल रहा था। राजा और मेरे पिता मुझे देखकर अत्यधिक खुश हो गए तथा उन्हें यह यकीन हो चला कि अब रैंडम और उसके पालतू कुत्तों की खैर नहीं।

रैंडम सहित उसके सारे साथी मुझे देखकर आश्चर्यचकित हो गए कि यह कहां से आ गया। किंतु, जब हालात ही बदल चुके थे, तो जंग के सिवा कोई और चारा ही नहीं था।

रैंडम अपने सपनों पर पानी फिरता देख अपने अंदर की बची ताकत को समेट कर, अपने साथियों सहित लड़ने को तैयार था, किंतु अभी तक जंग के लिए उसने अपने कदमों को आगे नहीं बढ़ाया था, क्योंकि उसे अच्छी तरह मालूम था कि जब तक मेरे हाथों में तलवार रहेगी, मुझे कोई भी गिरा नहीं सकता।

मैंने तलवार के इशारों से दुश्मनों को सचेत करते हुए उन सभी के कदमों को रोके रखा और अपने पिता सहित राजा की जंजीर को खोलते हुए उन्हें दुश्मनों के चंगुल से आज़ाद किया।

अब इस जंग में मैं अकेला नहीं, बल्कि मेरा साथ देने के लिए मेरे पिता और राजा सहित, मेरा प्यार भी था।

ऐलिना पैरों में चुभ गए कांटों के दर्द की वजह से अपने पैरों पर खड़ी नहीं हो पा रही थी और इतना कुछ हो जाने के बावजूद भी यह समझ नहीं पा रही थी कि हक़ीकत क्या है?

मैं ऐलिना को अपने कंधों पर उठा शेरों की तरह दहाड़ता दुश्मनों पर टूट पड़ा। हमारी तरफ से दुश्मनों के खिलाफ सिर्फ़ और सिर्फ़ तीन तलवार ही उठ रहे थे, और रैंडम की तरफ से सैंकड़ों। फिर भी हमारा पलड़ा उन सभी पर भारी दिख रहा था।

रात के अंधेरे में मशाल की रोशनी, साथ तलवार की झंकार हो रही थी।

रात्रि की शांति को भंग करते हुए भयाक्रांत वातावरण में तलवारें सिर्फ़ लहू मांग रही थीं। गहरी रात मौत का साया बन, हम सभी को ढंकने की कोशिश में थी।

आसमां काले बादलों से पूरी तरह ढंका हुआ था। काली रात, चांद-तारे ओझल थे। पूरा आसमां काली परछाईं बन ज़िंदगी को मौत के करीब बुला रहा था। झींगुरों का तेज़ स्वर मृत्यु-रव सुना रहा था। जुगनू मौत की शहनाई बजा रहे थे।

हवा तूफ़ान का रूप ले चुकी थी। सनसनाती आंधीनुमा हवाएं धूल और सूखे पत्ते उड़ाती आंखों को बंद करने पर मजबूर कर रही थीं। पेड़-पौधों की टहनियां/ शाखाएं आपस में टकरा-टकराकर चीख रही थीं। बर्बादी का खेल आंख-मिचौली खेल रहा था।

लंबे-लंबे पेड़ों की टहनियां टूट-टूटकर हवा के तेज़ झोंकों में उड़ती दूर-दूर तक जाकर गिर रही थीं।

गांव के आवारा कुत्तों के रोने की आवाज़ से अंधेरी रात और भी मनहूस लग रही थी। ऐंसा लगता था मानो प्रकृति ने इस अंधेरी रात को खास कर मेरी ही बर्बादी के लिए ही गढ़ा था।

जिस तरह आग बुझने से पहले चिंगारी जोरों से दहकती है, उसी प्रकार सुबह होने से पहले रात और भी अंधेरी तथा भयानक होती जा रही थी।

मेरे पिता दुश्मनों से लड़ते-लड़ते थक कर आखिरी सांसें गिन रहे थे। उनके अंदर अब उतनी ऊर्जा नहीं बची थी, जिससे दुश्मनों के खिलाफ और युद्ध कर सकें।

राजा का भी पूरा शरीर तलवारों की चोट से घायल हो चुका था, फिर भी दुश्मनों के खिलाफ वे जूझ रहे थे। ऐलिना मेरे पिता तथा अपने पिता को लहूलुहान देख, मुझसे इज़ाजत ले उनकी सहायता के लिए आगे बढ़ी।

राजा अब और युद्ध नहीं कर सकते थे, क्योंकि उनके अंदर अब शेष रक्त नहीं बचा था। वह विवश और लाचार होकर जमीन पर गिर पड़े।

ऐलिना दौड़ती हुई, अपने पिता की तरफ भागी और उनके खून से लथपथ सिर को अपनी गोद में रख, प्यार से उनके चेहरे पर हाथ फेरती रोने लगी।

राजा, ऐलिना को रोता देख टूटते हुए लफ़्जों में इतना ही कह सके कि तुम एक साहसी बेटी हो और मेरी नज़रों में तुम्हारी अहमियत एक बेटी की नहीं, बल्कि एक बेटे से भी ऊपर है। जब तुम ही धैर्य खो दोगी तो इन दरिंदों से कौन बदला लेगा। मेरी आखिरी घड़ी आ चुकी है और

मौत मेरे करीब है। तुम मुझसे वादा करो, इन धोखेबाजों के द्वारा बहाई गई एक-एक खून की बूंद का बदला लेकर रहोगी। अगर ऐसा न हुआ तो मेरी आत्मा को कभी शांति नहीं मिलेगी। अब फैसला तुम्हारे हाथों में है। राज्य की पूरी जिम्मेवारी भी तुम्हारे कंधों पर है।

ऐलिना ने रोते हुए पिता को सीने से लगा, किए गए वादों को निभाने का वचन दिया।

राजा ने आखिरी सांसों में प्यार से अपनी बेटी का मासूम चेहरा निहारते हुए दम तोड़ दिया। यह सब देख आंखें खुली-की-खुली और धड़कने थम-सी गईं।

ऐलिना आक्रोशित नज़रों से आंखों को लाल करतीं, अपने पिता की तलवार उठा दुश्मनों पर टूट पड़ी। किंतु वह दिए गए वादों को क्या निभाती, जो फूल की पंखुरियों की तरह कोमल और मासूम थी। जिसने कभी फूलों की टोकरी तक नहीं उठाई, उसके हाथों में तलवार कहीं शोभा देती, पर अपने पिता का खून से लथपथ चेहरा और किए गए वादों के सहारे न जाने उस वक्त उसके अंदर कौन-सी शक्ति आकर समा गई, जिससे वह एक कुशल तलवारबाज की तरह अपने हाथ दिखाने लगी।

मेरे पिता की नाजुक हालत को देख ऐलिना उनकी सहायता के लिए आगे बढ़ी। मेरे हाथों में जब तक तलवार थी, मुझे कोई गिरा नहीं सकता था। मैं किसी तरह दुश्मनों पर हावी रहा और उन सभी के दांतों को खट्टा करता रहा, किंतु ऐलिना को दुश्मनों के बीच घिरा देख, मैं पागलों की तरह दुश्मनों के सिर को गाजर-मूली की तरह काटता ऐलिना की तरफ बढ़ा।

रैंडम बाजी को हारता देख कायरों की तरह बचे साथियों सहित वहां से भाग निकला।

चारों तरफ सिर्फ़ लाशें और लाशें बिछी थीं। ऐलिना घायल अवस्था में मौत से कुछ पलों की मोहलत ले, मेरे आने का इंतजार कर रही थी।

मैं दौड़ता हुआ ऐलिना के पास गया और इलाज के लिए उसे अपने कंधे पर उठाने लगा। वह थकी और लड़खड़ाती आवाज़ में बोली, अब बहुत देर हो चुकी है, बेहतर होगा मुझे इसी हालत में छोड़ दें। मैं इन आखिरी घड़ियों में आपको जी-भर देख लेना चाहती हूं, तथा आपके पिता

आखिरी सांसों में कुछ खास बातें कह गए हैं, जिन्हें जान लेना बहुत ज़रूरी है।

रैंडम के कुकर्मों की एक-एक सज़ा आपको ही देनी है, किंतु ताकत के बल पर नहीं। बल्कि तांत्रिक-विद्या के बल पर। और मैं जानती हूं आप तांत्रिक-विद्या से पूरी तरह अनजान हैं, फिर भी आप कोशिश करेंगे तो आप सफल होंगे। आपकी रगों में महान् ज्योतिषाचार्य का खून है। आप अवश्य सफल होंगे और मेरा प्यार हमेशा आपके साथ होगा।

मेरी आंखें आंसुओं से तर-बतर हो गई थीं, कोई भी समझ सकता है जिसकी गोद में उसका प्यार मौत से लड़ रहा हो, उस वक्त उस पर क्या गुजरी होगी।

मैं रोता हुआ कहने लगा, हम दोनों ने साथ जीने और मरने की कसमें खाई हैं, सात जन्मों तक साथ निभाने का वचन दिया था, तुम क्या वह वादा तोड़कर मुझे अकेला छोड़कर जाना चाहती हो? इस वीरानी दुनिया में रोने और तड़पने के लिए।

"आप समझने की कोशिश करें और धैर्य से काम लें, पिता से किए गए वादों के सामने अब सारे वादे छोटे पड़ चुके हैं। आपको हर हाल में उन सभी से बदला लेना होगा। मेरे किए गए वादों को अब आपको ही पूरा करना है। रही बात सात जन्मों तक साथ निभाने की तो इन बची सांसों में यह इच्छा भी पूरी कर दें।"

अग्नि के सामने सात फेरे न सही, दो चुटकी सिंदूर भी न सही, कम-से-कम अपने खून से ही मेरी मांग भर दो, ताकि हर जन्म में सिर्फ़ और सिर्फ़ आपकी ऐलिना बनकर ही रह सकूं।

ऐलिना की सांसें टूटने लगी थीं, मैं रो-रोकर बेहाल था। मेरे आंसुओं ने ऐलिना के बालों को पूरी तरह भिगो दिया था।

वह भी उतना ही रोये जा रही थी, हम दोनों एक-दूसरे के आंसू पोंछते हुए जुदाई के इस मोड़ पर बहुत बेचैन थे। ऐलिना की हालत धीमे-धीमे और भी नाजुक होती जा रही थी। मैं कुछ समझ नहीं पा रहा था कि आखिर मैं करूं, तो क्या?

ऐलिना दबे लफ़्ज़ों में बोली, देर न करें, मौत बिल्कुल करीब है। मेरी आखिरी इच्छा को पूरा कर, इस दुनिया से मुझे विदा करें। शायद इस

जन्म में खुदा ने इतने लम्हें ही साथ जीने को लिखे थे, बचे लम्हों को आपको अकेले ही गुजारना होगा, मेरी यादों में खोकर। किंतु मैं आपका वहां इंतजार करूंगी, जल्द इन वादों को पूरा कर लौट आना, मेरी आंखें आपकी राह निहारेंगी, मैं आपसे बहुत प्यार करती हूं। आप जल्द इन वादों को पूरा कर आना, अन्यथा मैं आपके बगैर वहां अकेली हो जाऊंगी।

मैं रोता हुआ उसके शब्दों में हां भरता गया, किंतु इससे पहले कि ऐलिना की धड़कनें थम जाएं मैंने अपने लहू से उसकी मांग भर दी।

उसके कांपते हाथ प्यार से मेरी पलकों के आंसू पोंछने को ऊपर उठे और फिर सदा के लिए वह सो गई।

मैं बेतहाशा रोये जा रहा था और पागलों की तरह अपने सिर को जमीन पर पटक रहा था। आंसू भी मेरा साथ छोड़ चुके थे, सिवाय तड़प के अब मेरे पास और कुछ भी नहीं रह गया था। मैं थककर प्राणहीन ऐलिना के शव के पास लेट गया।

काली रात ढल गई। सवेरा हुआ और मेरी ज़िंदगी दिन की मनहूसियत में डूब एक खत्म न होने वाली कहानी बनकर रह गई।

मैंने अपने हाथों से ऐलिना सहित पिता और राजा को धरती की गोद में सुला उनका शव-संस्कार किया। अपने पिता द्वारा लिखी गई तंत्र-विद्या की किताबों को लेकर वहां से बहुत दूर निकल गया।

हर दिन की तरह सूर्य पूरब से उगता आया है और पश्चिम में डूबता रहा है किंतु मेरी ज़िंदगी का सूर्यास्त तो तभी होगा जब रैंडम की मौत मेरे हाथों से होगी। रैंडम आज भी जिंदा है और मुझे उससे प्रतिशोध लेना है। उसे मारकर ही मरना है। यही वादा मेरी राजकुमारी प्रिय ने मुझसे लिया था। वह आज भी मेरी प्रतीक्षा कर रही है कि मैं वादे को पूरा कर वहां प्रेत-लोक में उससे जा मिलूं।

(3)

ड्राईगन अपने आंखों में आंसू लिए दर्द भरी निगाहों से बाबा को निहारता, अपने जीवन के दुःख और दर्द की तुलना कर, खुद को सौभाग्यशाली मानता है, जो खुदा ने उसे इतनी अच्छी ज़िंदगी दी।

शैनशिका पूरी हक़ीकत जान चुकी थी, वह दीवार की ओट लेती छिपकर बाबा के हरेक शब्दों को ध्यान से सुन रही थी और यह सारी बातें जानकर अपनी सोच पर शर्मिंदगी महसूस कर रही थी कि इतने अच्छे इंसान के बारे में वह कितना बुरा सोचा करती थी। बाबा के बारे में वह क्या-क्या सोचती थी और बाबा क्या निकले।

खैर, अकसर इंसान ग़लत सोच में आकर धोखा खा ही लेता है, किंतु कुछ लोग ऐसे भी होते हैं, जो चोट खाकर संभलना सीख जाते हैं। और कुछ लोग ऐसे भी बदनसीब हैं, जो लगातार ठोकर खाकर भी संभलना नहीं सीख पाते।

शैनशिका अपने आंसूओं को नहीं रोक पाई और दीवारों से हटकर रोती हुई बाबा से आकर लिपट गई तथा रोने के साथ-साथ मांफी मांगती कहने लगी, "मैं नहीं जानती थी, आप इतने सारे बंधनों से बंधे हैं। आपके पास वक्त कम और काम ज़्यादा है। शायद इसलिए मेरे साथ प्यार भरी दो बातें नहीं कर पाते। हाय! मैं कितनी बुरी थी, जो अकसर सोचा करती कि आप मुझे अनाथ आश्रम से उठाकर लाए हैं, इसी कारण मुझसे प्यार नहीं करते, अगर आप मेरे मां-पिता होते तो क्या मुझसे प्यार नहीं करते।" यह कहते हुए वह सावन की झड़ी की तरह बरसने लगी।

ड्राईगन यह सब देख प्यार के रिश्तों को आज भलीभांति गहराई से अनुभव कर रहा था। उसने जाना कि रिश्ते कायम करने के लिए सिर्फ़ खून का रिश्ता होना ही खास मायने नहीं रखता, बल्कि एक रिश्ता ऐसा भी है जो खून के रिश्ते से भी ज़्यादा शुद्ध और पवित्र माना जाता, वह बंधन दिलों का बंधन होता है। जिस रास्ते को हम खून के रिश्ते से नहीं, बल्कि दिलों के रिश्तों से जानते हैं।

आज पुनः बाबा की ज़िंदगी में ऐसा मोड़ फिर से आया था, जो उनके दर्द को समझकर आंसू पोंछने वालों तथा अपनों के साथ का एहसास करा रहा था। आज की रात वह बहुत खुश थे। अपनों का साथ और बच्चों के प्यार के बलबूते बुढ़ापे का खून उबाल ले चुका था। वह अपने अंदर एक अलग-सी शक्ति को पैदा होते महसूस कर रहे थे।

अगले पल बाबा शैनशिका पर नखरे से भरा गुस्सा करते, उसके अंदर की कमी को निखारते बोल पड़े, तुमने तो आए मेहमान के लिए

कुछ भी नहीं पकाया और अब रात भी काफी हो गई है, ये क्या भोजन कर, यहां से लौटेंगे?

शैनशिका कुछ कम नहीं थी, उसकी प्यारी बातें बच्चों की तरह ज़रूर होती थीं, लेकिन समझदारी बड़ों से कम नहीं थी।

बाबा अपने शब्दों को विराम दें, इससे पहले ही बोल पड़ी, "मैं इतनी भी मूर्ख नहीं हूं, जो आए मेहमान को भूखा चले जाने दूं। खैर, ड्राईगन आपके लिए भले ही मेहमान हो सकते हैं लेकिन मेरे लिए एक अच्छे दोस्त हैं। भला एक दोस्त, अपने दोस्त को भूखा चला जाने देगा। क्या ऐसा कभी हो सकता है, इसलिए आज की रात भोजन पकाने की जिम्मेदारी सहेलियों को सौंप आई थी। भोजन तो कब का तैयार हो चुका है। आप यथाशीघ्र हाथ-मुंह धो लें, खाना मैं अभी लाती हूं।"

बाबा हंसते हुए कहने लगे अजीब लड़की है? सयानी हो चली पर फिर भी बचपना नहीं गया है।

ड्राईगन शैनशिका की बातें सुन बहुत खुश था और यह सोचकर अंदर-ही-अंदर प्रसन्न था कि आखिर मैंने भी दिलों से रिश्ते जोड़ना शुरू कर दिया है जो कि दोस्ती के पाक रिश्ते से शुरू हुआ है। अब देखना यही है कि यह दिली-दोस्ती किस रिश्ते में बदलकर रंग लाती है, हालांकि वह अच्छी तरह जानता है, प्यार का पहला कदम दोस्ती का ही होता है।

रात के बढ़ते कदम को देख ड्राईगन आगे की कार्यवाही जल्दी-जल्दी पूरी कर घर वापस लौटना चाहता था।

बाबा अल्तमस तो पहले ही इसकी इज़ाजत दे चुके थे। अब ड्राईगन को और ज़्यादा देर तक रोकना वह उचित नहीं समझते थे। किंतु अब भी उसके दिल में एक प्रश्न उलझन पैदा किए था। जिसे जान लेना उसने उचित समझा, जिस पल उसकी नंगी आंखों के सामने, एक सुंदर युवती जंगल में भटक रही थी और उसका पीछा करते हुए जब वह उसके आमने-सामने था तो अचानक उसका बेहोश हो जाना और होश आने पर खुद को जंगल के वीराने में नहीं, बल्कि अपने आपको गाड़ी में पड़े पाना, यह कैसी पहेली है?

ड्राईगन के इस प्रश्न को सुनकर बाबा भी खामोश अपनी खोपड़ी पर अपनी हथेली सहलाते हुए बोले, "मैं भी नहीं समझ पा रहा हूं, इसके पीछे

क्या वजह हो सकती है? आखिर कौन थी ऐसी अदृश्य-शक्ति, जो तुम्हें बचा ले गई। खैर, इस पहेली को वक्त पर छोड़ दो, वक्त अपने साथ खुद इसका उत्तर दे जाएगा।"

ड्राईगन ने पुनः इज़ाजत ले घर वापस लौटने की इच्छा जताई। पर जाने से पहले अपने दिल में दबी इच्छा को बाबा की आंखों में झांकते हुए बोला, "मैं तो अब जा रहा हूं, पर क्या आप मुझे एक बार अपने सीने से लगा एक पिता का प्यार नहीं देंगे?"

इन शब्दों के साथ उसकी आंखों में आंसू छलक आए और साथ ही बाबा की पलकों पर भी नमी थीं।

दोनों एक-दूसरे के सीने से लग, पिता और पुत्र का फ़र्ज अदा करने लगे।

खुदा ने जो खुशी वर्षों पूर्व ड्राईगन से छीन ली थी, आज उसे सूद समेत वापस लौटा दिया।

बाबा अल्तमस को भी एक पुत्र के प्यार की कमी थी और वह भी एक बेटे का प्यार पाने को अभिलाषी थे तथा उनके दिल में पुत्र के प्रति दबा प्यार ड्राईगन के सीने से लगते ही उमड़ पड़ा।

आज की रात ड्राईगन के लिए भी खुशियों भरी रात थी, उसने बाबा को हिम्मत बंधाते हुए कहा, "अब आप इस जंग में अकेले नहीं हैं, बल्कि आपका यह पुत्र भी दुश्मनों से भिड़ने के लिए, आपसे एक कदम आगे होगा। मैं जल्द ही अपने परिवार को लेकर लौट आऊंगा। आप तनिक भी चिंता न करें। मैं आपके साथ हूं।"

ड्राईगन का यह कहना मात्र ही काफी था। बाबा को लगने लगा था कि अब इस जंग को जीतने से उन्हें कोई नहीं रोक सकता, क्योंकि उसकी बातों ने ऐसा जादू कर दिया था कि वह अब अपने आपको अकेला नहीं समझ रहे थे, बल्कि उन्हें ऐसा लग रहा था कि पूरी दुनिया इस जंग में उनका साथ दे रही है।

रात अधिक हो चली थी, यह देखकर शैनशिका की तरफ इशारा करते हुए अस्तबल से घोड़ा खोलकर, ड्राईगन को सौंपने का आदेश दिया ताकि वह जल्दी से घर वापस लौट सके।

शैनशिका हाथों में चिराग लिए आगे बढ़ी। उसके चेहरे पर उदासी की झांई देख ड्राईगन से रहा न गया। वह बातों-ही-बातों में पूछ बैठा,

"जिसके चेहरे से हंसी कभी जुदा न होती हो, वह उदास दिख रही है। आखिर बात क्या है?"

शैनशिका क्या उत्तर देती, वह खुद नहीं समझ पा रही थी कि उसे क्या हो रहा है। कहने लगी, "आप जा रहे हैं यह जानकर दिल में अजीब-सी बेचैनी हो रही है और ऐसा लग रहा है कि आपको जाने न दूं।"

"हां, यह सब तो ठीक है, किंतु इसकी वजह जान सकता हूं।"

"आप स्वतः सोचें, कोई इतनी जल्द किसी के इतना करीब आ सकता है? आपसे सुबह मुलाकात हुई और देखते-ही-देखते शाम हो गई तथा अब अंधेरी रात छा जाने वाली है और इन थोड़े से पलों के बीच आपसे कितनी सारी बातें भी कर लीं और अब, जब आप जा रहे हैं तो दुःखी होना स्वाभाविक है।"

शैनशिका के प्यार भरे शब्द उसके दिल को भेदने लगे थे, सच पूछा जाए तो वह स्वतः शैनशिका से दूर नहीं जाना चाहता। पर वह कर भी क्या सकता था। हालांकि वह हमेशा दिल की सुनता था, किंतु दूसरी तरफ भाई-बहन का प्यार भी उसे अपनी ओर खींच रहा था।

शैनशिका अब और अधिक आंसूओं को पलकों के भीतर कैद नहीं कर सकती थी, उसके धैर्य का बांध टूट चुका था और इसी के साथ उसकी पलकें आंसूओं में डूब गईं।

यह सब देख ड्राईगन को एहसास हो चुका था कि शैनशिका के दिल में भी प्यार का फूल खिल चुका है, किंतु इन बातों को अब दिल में दबाए रखने से क्या लाभ। अरे माना दोनों के बीच प्यार हो गया है, अगर प्यार का इजहार नहीं किया तो प्यार करने का सारा मजा सिर्फ़ सपनों में ही रह जाएगा। और हक़ीकत की दुनिया में फिर एक प्यार भरी टीस ही बाकी बची रह जाएगी। दोनों प्यार भरी तरल तथा आंसूभरी निगाहों से एक-दूसरे को निहारते हुए, एक-दूसरे पर दिलो-ओ-जान से फिदा हो जाने की हक़ीकत का इजहार कर रहे थे। एक-दूजे के लिए प्यार भरा नज़राना, यह साफ ज़ाहिर कर रहा था।

खुदा को मुझसे इतनी दूर न करना,
बेशक हमें मजबूर न करना।

हम आपके इंतजार में होंगे इस कदर,
उस इंतजार को निगाहों से दूर न करना।

पुराने रीति-रिवाज के अनुसार जब किसी सुहागन का मर्द उससे दूर जाता था तो वह उसके पैरों को जुदाई के इस मोड़ पर उसकी बलैयां लेते हुए उसके प्रति अपनी विनम्रता और अपने प्यार का एहसास जताते हुए उससे चिरौरी करती थी कि मेरे सैंय्यां, जल्दी लौट आना, मैं राह ताकती रहूंगी। पर, इन बातों का शैनशिका की ज़िंदगी से क्या ताल्लुक। वह ड्राईगन की पत्नी तो थी नहीं और न ही ड्राईगन उसका पति था, परंतु फिर भी शैनशिका यह सौभाग्य पाना चाहती थी। माना अभी वह उसे सीने से नहीं लगा सकता, पर वह तो अपनी विनम्रता दिखा ही सकती थी, और इसी तरह कम-से-कम, उसे दो पलों तक छूने का स्पर्श-सुख तो पा ही सकती थी। उसे इस बात को सोचने में देर नहीं लगी और न ही इसे हक़ीकत में बदलते देर लगी। शैनशिका आगे बढ़कर उसके पैरों में झुक गई और उसके पैरों की अंगुलियों को अपने हाथों की कोमल अंगुलियों से छूते हुए आंसू भरी निगाहों से उसे एकटक देखने लगी।

यह सब कुछ देख ड्राईगन से भी रहा न गया और वह बिल्कुल मोम की भांति पिघल गया। सारी शर्म और रीति-नीति भुला, उसे अपने सीने से लगा लिया।

दो दीवानों को एक-दूजे की बाहों में इस तरह बंधा देख मौसम ने भी अपना अंदाज बदला तथा हवा का एक तेज़ झोंका आया और उसने चिराग बुझा दिया।

पूरा वातावरण अंधेरे में डूब गया। रात्रि का अंधेरा और आसमां काले बादलों से घिर आया, ऐसा प्रतीत हो रहा था जैसे बारिश होने की संभावना हो।

थोड़ी देर पहले तक बिजली चमकने और कड़कने की आवाज़ भी नहीं थी। पर अब यह नजा़रा भी आसमां में देखने और सुनने को मिलने लगा। खैर, उन दोनों प्रेमियों का मिलन देख ऐसा आभास हो रहा था जैसे सदियों से बिछड़े दो दिल एक बार पुनः मिल रहे हों। अब शैनशिका उसे ज़्यादा देर रोकना नहीं चाहती थी क्योंकि मौसम के बदलते अंदाज को देख चिंता सताए थी कि कहीं ये बारिश में न घिर जाएं। हालांकि दोनों

की बांहों की प्यास अभी तक बुझ नहीं पाई थी और न ही कभी बुझने वाली थी पर मजबूरन एक-दूजे से अलग होना पड़ा।

शैनशिका ने कांपते होंठों से उसके होंठों पर अपने प्यार का पहला तोहफा दिया और उसे धीरे-धीरे अपनी भुजाओं की गिरफ़्त से आज़ाद कर विदा कर दिया।

ड्राईगन सरपट घोड़े पर सवार हो, लगाम को झटके से खींच तेज़ रफ़्तार के साथ चल दिया।

शैनशिका हताश निगाहों से उसे एकटक उसकी ओर देखती रही, जब तक कि ड्राईगन उसकी आंखों से ओझल न हो गया।

ड्राईगन अभी कुछ ही दूरी का सफ़र तय कर पाया होगा कि बारिश की बूंदें गिरने लगीं।

शैनशिका कमरे से बाहर प्रकृति के इस मनभावन दृश्य को देख कर भी मायूस थी।

रात गहरी होने के साथ-साथ बारिश भी तेज़ होती जा रही थी। मौसम का क्या कहना, ठंड बढ़ती चली जा रही थी। बारिश की तेज़ धारा, तापमान गिरता चला जा रहा था।

मौसम की गुस्ताखी देख, शैनशिका की चिंता और भी बढ़ गई। वे किस हाल में होंगे, ज़्यादा भीगने से कहीं बीमार न पड़ जाएं, और भी न जाने कौन-कौन-सी बातें उसके दिमाग में घूमने लगीं।

ड्राईगन अपनी रफ़्तार में थोड़ी-सी भी कमी नहीं लाया और उसी वेग के साथ आगे-ही-आगे बढ़ता गया।

उमड़ते-गरजते बादल लगातार अपना शोर मचाए थे।

घोड़ा टप-टप टापें भरते हुए जगह-जगह जमा हो गए पानी को चीरता, हवाओं की विपरीत दिशा में चीते की तरह कुलाचें भरता दौड़ा चला जा रहा था।

बारिश की बड़ी-बड़ी बूंदें पत्थरों के मानिंद चोट कर रही थीं। उनके सामने नज़रें मिलाना तो दूर, आंखें खुली रखना भी मुश्किल हो रहा था।

ठंड से कांपते हाथ, ऊंची-नीची अनजान डगर। सफ़र करना मुश्किल हो रहा था। पर, जब वह अपनी खुदी को खुद ही चुनौती दे तो यह तूफ़ानी रात तो क्या, मौत को भी मात दे देने को माद्दा ड्राईगन में पैदा

हो गया था। शैनशिका के प्यार का संबल तथा बाबा का आशीर्वाद भी उसके साथ था। बहन की दुआएं और छोटे भाई का सहारा उसका पाथेय बन गए थे।

वह किसी तरह तूफ़ानी रात से जूझता हुआ अपने घर तक आ ही पहुंचा। झट-पट घोड़े से कूदा। उसे उचित स्थान से बांध दबे पांव घर के अंदर प्रवेश किया।

दरवाज़ा खुला होने के साथ-साथ पूरा घर अंधेरे में डूबा था।

वर्षा के कारण बिजली गुल हो गई थी। पूरी बस्ती अंधेरे में डूबी थी।

ड्राईगन ने किसी तरह टटोलते हुए माचिस को ढूंढ निकाला। माचिस की जलती तिल्ली कब तक अंधेरे को काट सकती थी, आखिर उसकी भी एक सीमित क्षमता ही तो थी। दूसरे ही पल मोमबत्ती की तलाश में नज़रें फेरते हुए उसने इधर-उधर देखा, थोड़ी दूर मेज पर पड़ी मोमबत्ती मिल गई।

मोम के जलते ही रोशनी की मद्धिम आभा फूट पड़ी। बारिश भी थमती जा रही थी, हवाएं थोड़ी शांत हो चली थीं और इसी के साथ बिजली का भी आगमन हो चुका था, पूरा घर उजाले से चकाचौंध हो गया। ठीक सामने अलिशा का कमरा अंधेरे में घिरा पड़ा था, वह दबे पांव कमरे की तरफ बढ़ा और अल्प खुले दरवाज़े को पूरी तरह खोल कमरे के अंदर प्रवेश किया तथा अपनी अंगुलियों की हल्की-सी हरक़त से बिजली-बोर्ड पर लगे स्वीच को दबाकर बल्ब को जला दिया।

बल्ब के जलते ही रोशनी का साया, पूरे कमरे के अंधेरे को चीरता रोशनी बिखेर गया, किंतु जिस चाहत के लिए वह कमरे के अंदर आया था, वहां उसे मौजूद न पाकर अगले ही पल यह सोचकर जॉन के कमरे की तरफ बढ़ा कि शायद अलिशा मेरा इंतजार करती जॉन के कमरे में ही सो गई हो। पर जब वह जॉन के कमरे में पहुंचा तो वहां भी अलिशा और जॉन को नहीं पाया तब इस उम्मीद से छत पर बने कमरे की तरफ गया कि हो सकता है छत से राह देखते जब दोनों थक गए होंगे तो शायद ऊपर ही सो गए हों।

उसने पूरे विश्वास के साथ छत का दरवाज़ा खोल अंदर की ओर झांका और अलिशा को आवाज़ दी, लेकिन कोई उत्तर न पाकर उसने छत

के कमरे को भीतर जाकर देखा। वहां किसी को न पाकर वह बुरी तरह चिंहुक गया। वह बुरी तरह डर गया। बहवास-सा घर में ऊपर-नीचे सब तरफ दौड़ा। घबराकर जोर-जोर से अलिशा और जॉन को पुकारने लगा।

"देखो, मुझे इस तरह का मज़ाक बिल्कुल पसंद नहीं, तुम दोनों जहां कहीं भी छिपे हो तुरंत सामने आ जाओ। मैं मानता हूं, मुझे लौटने में देर हो गई पर इसकी सज़ा इस तरह मत दो। मैं वादा करता हूं अगली बार ऐसी ग़लती करने की भूल कभी नहीं करूंगा। सिर्फ़ एक बार मेरी बातों पर विश्वास कर सामने आ जाओ।"

ड्राईगन की बार-बार की गई इस गुहार पर भी जब कोई उत्तर नहीं मिला तो उसे यकीन हो चला कि अलिशा इस तरह का मज़ाक नहीं कर सकती। अगर वह गुस्सा होकर उसे भयभीत करने के इरादे से कहीं छुप भी गई होती, तो भी मुझे इस तरह तड़पता देख अब तक बर्दाश्त नहीं कर सकती थी और झट से सामने प्रकट हो जाती।

ड्राईगन के सामने एक बड़ी विडंबना आ खड़ी हुई थी, वह कुछ समझ नहीं पा रहा था कि आखिर करूं तो क्या? उसके ज़ेहन में कोई ऐसा ठिकाना भी नहीं दिख रहा था, जहां वे दोनों जा सकते हों।

वह पागलों की तरह इधर-से-उधर, हर तरफ ढूंढने लगा।

अलिशा और जॉन कहां जा सकते हैं? इस बात का फैसला कर पाना उसके लिए बहुत मुश्किल लग रहा था, क्योंकि वह अच्छी तरह जानता था, इस दुनिया में हम तीन के अलावा हमारा कोई सगा-संबंधी नहीं है, जिसके पास वे दोनों जा सकें।

देखा जाए तो नसीब भी कैसे करवट बदलता है। थोड़ी देर पहले वह ख्यालों की खुशियों से आबाद लहरों में गोते लगा रहा था, किंतु कुछ समय बाद ही अब सब कुछ बदल चुका था। उसने दिमाग पर कुछ जोर डाला, मन-ही-मन कुछ फैसला लिया। घर से बाहर बंधे घोड़े की तरफ बढ़ा एवं लगाम को थामे रात के अंधेरे में एक दिशा की तरफ चल दिया।

वह एक उलझन को सुलझा नहीं पा रहा था कि दूसरी में उलझ गया था। आखिर यह कौन-सी नयी मुसीबत थी। अलिशा और जॉन किस दुनिया में खो गए। एक तरफ सारी दुनिया नींद में और वह अंधेरों में भटक रहा था, आखिर उसने भी क्या किस्मत पाई है? प्रश्न यह है कि वह इतनी

रात गए जा कहां रहा है तथा जिस रास्ते पर चल दिया है, वह राह जानी-पहचानी मालूम होती है क्या? वह वापस बाबा अल्तमस के गांव की ओर क्यों बढ़ रहा है? कहीं ऐसा तो नहीं, अलिशा और जॉन उसके आने के इंतजार में देर होता देख, बाबा के घर जा पहुंचे हों। परंतु ड्राईगन को अपनी इस सोच पर तनिक भी यकीन न था, क्योंकि वह अच्छी तरह जानता था अलिशा ऐसा ग़लत कदम उठा ही नहीं सकती। किंतु फिर भी दिल की संतुष्टि के लिए वह एक बार बाबा के घर को भी देख लेना चाहता था, आखिर प्रयास करने में क्या बुराई और ऐसे भी हाथ-पर-हाथ रखे बैठना समझदारी तो नहीं। उसे हर हाल में अपने भाई-बहन को ढूंढ निकालना था। और अब यही देखना था कि अलिशा और जॉन वहां मौजूद हैं या नहीं। खैर, इस बात का पता तो बाबा के घर जाकर ही लग सकता था।

ड्राईगन तेज़ रफ़्तार के साथ घोड़े को हांक रहा था। इस उम्मीद से कि जितनी जल्दी हो सके, बाबा के घर पहुंच इस बात का अंदाजा लगा सके कि दोनों गए तो गए कहां?

शैनशिका अब तक सो नहीं पाई थी, उसके ज़ेहन में बीते लम्हें, यादों की सेज सजाए उसे मीठी-मीठी थपकियां दे रहे थे। तनहाइयों में खोई वह करवटें बदल रही थी। वह चाहकर भी अपने आपको सुला नहीं पा रही थी। आखिर उसे नींद भी कैसे आ सकती थी। एक तरफ उसका प्यार बेचैनी और बेबसी की हालत में अपने परिवार की एक झलक पाने को भटक रहा था और दूसरी तरफ सेज की करवट एकदम खाली थी। ऐसे में भला उसे नींद कैसे आए? आखिर दिल की लगी भी तो कोई चीज होती है। इस हालत को वे ही समझ सकते हैं, जिनका दिल किसी की याद में धड़क रहा हो—

मत पूछ मुझसे बिस्तर के शिकन की बेकरारी,
काटी हो रात जिसने करवट बदल-बदल के।

ड्राईगन की यादों में खोई शैनशिका खुली आंखों से ही खूबसूरत भविष्य के सपने देख रही थी।

वह एकाएक घोड़े की टापों की आवाज़ सुन उठ बैठी, उसे आवाज़ समीप आती प्रतीत हो रही थी, ऐसा लग रहा था, कोई इसी ओर चला आ रहा है।

शैनशिका खिड़कियों से बाहर झांकती, यह पता करने की कोशिश करने लगी कि अब इतनी रात गए कौन आ सकता है?

अंधेरे में चेहरा स्पष्ट रूप से दिख नहीं पा रहा था। बारिश के कारण ठंडी हवा ओले लिए बह रही थी, जिसके फलस्वरूप वायुमंडल और भी धुंधला प्रतीत हो रहा था।

वह चलती-फिरती छाया जब नज़रों के बिल्कुल करीब आ गई तो उस दृश्य को देख, उसे खुद की आंखों पर यकीन नहीं हो पा रहा था कि वह जो कुछ देख रही है वह सच भी है या एक सपना।

खैर, अब तक जिस हक़ीकत को सपनों की दुनिया ही समझा जा रहा था, उससे कब तक नज़रें चुराई जा सकती हैं, उसे पल-दो-पल पहले या विलंब से सामने तो आना ही था।

अगले ही पल शैनशिका अपने शयन-कक्ष का दरवाज़ा तेज़ी से खोलती ड्राईगन की ओर दौड़ी तथा उसके चेहरे पर छाई घबराहट और बेचैनी को पढ़, वह भलीभांति समझ चुकी थी कि अवश्य कुछ बुरी खबर है। पर जब तक यह बात पूरी तरह सुनिश्चित न हो जाए यकीन करना संभव नहीं था कि कुछ बुरा ही हुआ है। इसलिए यथाशीघ्र उत्तर जानने के लिए ड्राईगन के सवाल-जवाब से पहले ही पूछ बैठी, "सब खैरियत तो है।" पर, वह क्या उत्तर देता जो स्वयं प्रश्नों के गर्त में गिरा पड़ा हो।

वह किसी तरह लड़खड़ाते कदमों से शैनशिका के करीब आ पहुंचा। अब उसके लिए आगे एक कदम और तय कर पाना मुश्किल था। उसकी हालत देख, शैनशिका उसे अपने कंधों के सहारे संभालती कमरे तक लाकर बिस्तर पर लिटाती हुई पूछने लगी, "इतनी रात गए वापस लौटने का अभिप्राय क्या है?" किंतु ड्राईगन की ओर से इसका कोई उत्तर न मिला।

उसके कांपते ओंठों से मात्र 'अलिशा' शब्द की धीमी-धीमी-सी आवाज़ ही प्रस्फुरित हो रही थी। आखिर वह उत्तर दे भी कैसे सकता था जो कि ठंड से पूरी तरह कांप रहा हो। दूसरी तरफ बदन पर गीले कपड़ों का बोझ और बुखार बदन को आग की तरह जला रहा था। साथ-ही-साथ ठंडी हवाएं जिस्म को आरी की तरह चीर रही थीं। ऐसी हालत में कुछ भी बोल पाना मुश्किल ही लग रहा था।

शैनशिका ने इस बात की खबर बाबा को देनी चाही, पर उससे पहले उसने उसके गीले कपड़ों को उसके बदन से अलग कर, उसे गर्माहट देना ज़्यादा ज़रूरी समझा।

वह शीघ्रता के साथ जल रही मशाल को ड्राईगन के करीब लाई, ताकि मशाल की ज्वलन-ताप से उसे ठंड महसूस न हो। और अगले ही पल गीले कपड़ों को उसके बदन से अलग कर उसके जूते उतारती कंबल और चादर जैसी गर्म पोशाक से उसका बदन ढंकती हुई उसे लिटाकर तसल्ली देने लगी। फिर उसके भीगे बालों से पानी पोंछकर वह तेज़ी से बाबा को बुलाने चली गई।

बाबा का शयन-कक्ष ठीक शैनशिका के कमरे से चंद कदमों की दूरी पर ही था।

आज की रात वर्षा भी हद कर चुकी थी। थोड़ी देर पहले ऐसा लगा था जैसे बारिश थम चुकी हो, पर अब पुनः वह अपना खौफ़ जमा बैठी और थमने का नाम ही नहीं ले रही थी। ओले और ठंडी हवा का तो कहना ही क्या? वे तो लगातार खौफ़नाक तरीके से झड़ी मचाए हुए थे।

मौसम साफ होने की कोई गुंजाइश नज़र नहीं आ रही थी। शैनशिका दौड़ती हुई बाबा के कक्ष की ओर भागी।

बाबा भी अब तक सो नहीं पाए थे और अपनी साधना में खोए अपने आसन पर बैठे ध्यान-मग्न थे। शैनशिका उनकी आदतों से वाकिफ़ थी और यह अच्छी तरह जानती थी कि इतनी रात गए भी वह आराम नहीं बल्कि अपनी तंत्र-साधना में तल्लीन दुनिया से बेखबर, अपनी मंजिल को पाने हेतु क्रियाशील होंगे। कदाचित् जैसा उसका अनुमान था और उन्हीं हालातों में उसने बाबा को पाया। पर, अब यह एक अलग चिंता का विषय बन गया। वह इसलिए कि बाबा को साधना से जगाना उचित है या नहीं। इस पहलू पर गौर करती उलझन में घिरी शैनशिका ने आवाज़ तो देना चाही, पर अगले पल यह सोचकर चुप हो गई कि आज तक ऐसी ग़लती करने की भूल कभी नहीं की और न ही भविष्य में करना चाहती हूं। इसलिए वह अपने आपको असमंजस की जंजीरों में जकड़ी महसूस करने लगी। खैर, इसी तरह की परिस्थिति में थोड़े समय तक घिरी किंकर्तव्यविमूढ़ रही। किंतु तब तक बाबा को आभास हो चुका था कि

किसी को मेरी अत्याधिक मदद की आवश्यकता है और इसी के साथ उन्होंने आंखें खोल दीं, तो शैनशिका को सामने खड़ा पाया। प्रश्न भरी निगाहों से बेटी की तरफ देखा, तो शैनशिका ने कुछ ही पलों में सारी पहेलियां कह सुनाईं।

बस फिर क्या था, यथाशीघ्र दोनों ड्राईगन के पास जा पहुंचे।

ड्राईगन बेहोशी हालत में तोते की तरह 'अलिशा' और 'जॉन' की रट लगाए हताश अपनी सारी ऊर्जा खोकर बिस्तरे पर पड़ा तड़प रहा था।

उसकी हालत को देख, बाबा ने शैनशिका की तरफ नज़रें घुमाते हुए कहा कि फिलहाल इसे आराम की अत्याधिक आवश्यकता है। इसलिए बेहतर यही होगा कि सुबह तक इससे कुछ भी सवाल-जवाब न किया जाए। मैं यथाशीघ्र औषधियां लेकर आता हूं तब तक गर्म पानी की रूई की पट्टी से इसके सिर पर दबाव देती रहो, ताकि बुखार इसके जिस्म पर हावी न हो सके।

बाबा के दिखाए रास्ते को सिर आंखों पर रख एक पल के लिए भी शैनशिका ने अपनी नज़रों को उससे दूर न किया और लगातार उसके तलवों को गर्म पानी की गर्माहट से सेंकती। उसने उपचार की अपनी सारी कोशिशें जारी रखीं और साथ-ही-साथ ईश्वर पर विश्वास रखती, यह दुआ करती रही कि जल्द-से-जल्द मेरा प्यार ठीक हो जाए।

थोड़ी-सी ही देर के पश्चात् बाबा औषधियां लेकर आ पहुंचे तथा आधे-अधूरे काम को पूरा करने के लिए उन औषधियों को पीसने के लिए, शैनशिका की तरफ बढ़ा दिया जिसके निचोड़ की लाभकारी बूंदें, ड्राईगन के शरीर में जाते ही सारी थकान को मिटा, उसे ऊर्जा और ताकत दे सकें।

शैनशिका ने हाथों हाथ उन पत्तों को पीसकर उनके सत को निचोड़ औषध की बूंदों को ड्राईगन के मुख में टपकाया।

दवा ने कुछ ही समय में असर दिखाना शुरू कर दिया और देखते-ही-देखते बदहाल दशा में तड़पता, बुदबुदाता, कराहता ड्राईगन एक गहरी नींद में सो गया।

बाबा ने परामर्श देते हुए शैनशिका को सचेत किया कि जब तक यह स्वतः नींद से जाग न जाए, उसे जगाना उचित नहीं है। और

फिलहाल उपचार की, उसके जिस्म को गर्माहट देने की जो प्रक्रिया शुरू की गई है, उसे लगातार जारी रखो। उम्मीद है, यह सुबह तक बिल्कुल स्वस्थ हो जाएगा। अब वह वक्त आ चुका है जिसका मुझे वर्षों से इंतजार था। अब बीतने वाला एक-एक पल मूल्यवान है। मैं इसे व्यर्थ नहीं जाने दूंगा। यह कहते हुए वह कमरे से बाहर निकल गए।

शैनशिका बाबा की आंखों में प्रतिशोध की दहकती ज्वाला को देख घबरा उठी थी। क्योंकि आज से पहले उनकी आंखों में ऐसा गुस्सा कभी देखने को नहीं मिला था। अचानक किसी के बदलते चेहरे की रंगत देख आश्चर्य होना स्वाभाविक ही था। इसके पीछे क्या वजह हो सकती है, यह जानने को वह उत्सुक थी। किंतु ड्राईगन की इस हालत को देख फिलहाल सुबह का इंतज़ार करना भी ज़रूरी था, और दूसरी तरफ ड्राईगन स्वयं एक नयी विपत्ति को लिए दुःख झेल रहा था। उसकी तलाश अभी तक खत्म नहीं हो पाई थी।

देखा जाए, अलिशा और जॉन किस दुनिया में खो गए थे, इस सवाल का जवाब अब तक नहीं मिल पाया था।

खैर, इस प्रश्न का उत्तर मिलना तो दूर शैनशिका तो अभी तक जान भी नहीं पाई थी कि इतनी रात गए आखिर वह वापस क्यों लौट आया?

सारे प्रश्न और बीत रहा एक-एक पल पहेलियों की तरह उलझा हुआ था तथा इन सभी समस्याओं का निदान आने वाले कल के पास था। इसलिए शैनशिका सारी उलझन को आने वाले कल पर छोड़ शेष रात अपने 'प्यार' की सेवा करती न जाने, कब नींद की आगोश में चली गई, उसे पता ही न चला।

अफ़सोस कौन जाने, यह चांदनी और सुहानी रात कब अपनी खूबसूरती को बदल काले बादलों का साया लिए ड्राईगन की ज़िंदगी में अंधेरा घोल दे, यही डर फिजाओं में कुलबुलाने लगा था।

सच कहते हैं लोग, किस्मत का लेखा-जोखा बड़ा ही विचित्र है, कब, कैसे, क्यों और कहां क्या हो जाए, यह हममें कोई नहीं जानता? इसलिए बेहतर होगा, जीवन के हर पल को खुशियों और प्यार के साथ जिया जाए। ज़िंदगी सिर्फ़ एक बार मिलने वाला कुदरत का हसीन तोहफा है, इसे यूं ही व्यर्थ समझ मुश्किलों से डर कर, खो देने की भूल करना

मूर्खता है, क्योंकि अकसर देखा तथा पाया गया है कि घबराहट और बेचैनी से ऊबकर कहते हैं। मर जाएंगे और अगर मरकर भी चैन नहीं आया तो फिर कहां जाएंगे। यह बात सोचकर हम ज़िंदगी को भूल ही जाते हैं।

खैर, आने वाली सुबह न रुकने वाली दौड़ बच रहे समय के घोड़े को किस ओर ले जाती है, इस बात का फैसला कर पाना सूर्य की तेज़ किरणों के सिवाय और किसी के पास नहीं।

(4)

अगर किसी के सौंदर्य की तारीफ़ की बात की जाए तो इस दुनिया में एक से बढ़कर एक मनभावन दिल को छू देने वाली कायाएं और सूरतें मौजूद हैं। रूप की कोई कमी नहीं, रूप तो हर जगह बिखरा पड़ा है।

मैं बात कर रहा हूं। प्रकृति की उस सच्ची खूबसूरती की, जो सुबह के उगते सूरज से शुरू होती है और चंद्रमा की चांदनी तक गुलज़ार रहती है।

वाकई सुंदरता और मन को लुभा देने वाली छवियां सराहनीय हैं।

सुबह-सुबह फूलों पर मंडराते भंवरे, खुशबू भरी ताज़ी हवा, मस्त फिज़ाएं, चिड़ियों की चहचहाहट ये सारे नजाऱे प्रकृति की सुंदरता को चार चांद लगा देते हैं। फिर प्रकृति की इस सुषमा को निहारने के लिए हर इंसान सपनों की दुनिया छोड़ नींद से जाग उठता है। अंगड़ाई लेकर उठ खड़ा होता है और कुदरत की खूबसूरती में खो जाता है। वह एक ताज़गी महसूस करने लगता है।

सूर्योदय की नयी किरणों के साथ सब कुछ नया-नया अनुभव होता है। नयी आशाएं, नये सपने और न जाने क्या-क्या नया लगता है। रात को होने वाली मौसम की खौफ़नाक बारिश से शुरूआत की जाए तो ऐसा अनुमान किया जा रहा था कि बारिश अपना प्रकोप लगातार जारी रखेगी। किंतु, वक्त के साथ रात बदल गई और मौसम ने भी पहचान बदल दी। अर्थात् सब कुछ शांत हो चुका था।

ड्राईगन के साथ थी गुज़रने वाली नित्य दिन की दिनचर्या, जिससे वह पूरी तरह बंधा था, जिसे वह छोड़ नहीं सकता था।

सूर्योदय से पहले जागना उसकी जन्मजात आदत थी और आदतें भला, अच्छी हों या बुरी जो बचपन से साथ चलती आई हैं, उन्हें दूर कर पाना समझो मुश्किल काम है।

ड्राईगन अपने रोजमर्रा के कार्यों से अच्छी तरह वाकिफ़ था। उसकी आंखें उगते सूरज के साथ आप-ही-आप खुल गईं।

उसने अपने आपको बिस्तर पर पड़ा पाया और शैनशिका को अपने पैरों के करीब बाहों पर सिर रखे सोता देखा, तो वह चिहुंककर उठ बैठा।

यकीनन 'अलिशा' और 'जॉन' ये दो शब्द भी उसके जागने के साथ ही उसके लबों से फूट पड़े।

उसकी आवाज़ भारी और व्याकुलता भरी थी। आवाज़ में तल्खी थी, ध्वनि कर्कश थी, इसे सुनकर भला कौन नींद में खोये रह सकता है।

शैनशिका भी पैरों के बल उठ खड़ी हुई। खैर, कुछ भी हो, उसके लिए तो यहीं खुशी की बात थी कि ड्राईगन नींद से जाग अब बिल्कुल स्वस्थ और ऊर्जावान दिख रहा था। किंतु, चेहरे पर रात को दिखने वाली घबराहट और बेचैनी से वह अभी भी पीछा नहीं छुड़ा पाया था।

वह पूरी तरह घबराया हुआ था और भयभीत नज़रों से इधर-उधर देखने लगा। शैनशिका ने किसी तरह उसका ध्यान बंटाया और उसकी परेशानी तथा समस्या को जानना चाहा।

ड्राईगन ने सारी बातों को उसके सामने रख दिया। बातें खत्म होने के बाद जब यह पता चला, वो दोनों यहां भी नहीं आए, तो यह जानकर थोड़ी देर के लिए उसकी सांसें ही रुक गईं। व्याकुलता भरी नज़रों से वह पुनः इधर-उधर देखने लगा।

ड्राईगन बुरी तरह घबरा गया। उसकी रुलाई फूट पड़ी। वह बच्चों की तरह जार-जार रोने लगा। उसका सारा मुंह आंसूओं से तर-बतर हो गया। उसके होंठों से अपनी बहन 'अलिशा' और भाई 'जॉन' का नाम ही रह-रहकर फूट रहा था।

उसका दिल बेचैन हो उठा, जिस तरह पानी बगैर मछली तड़पती है वैसी हालत आज उसकी बन चुकी थी। ड्राईगन की इस हालत को देख, शैनशिका खुद बेचैन हो चली। खैर, मुश्किलें कितनी भी बड़ी क्यों न हो, वक्त उसे सुलझा देता है। सिर्फ़ सब्र की ज़रूरत होती है। मुसीबतें

सिर पर हों तो उनसे लड़ने के लिए दिल की दीवारें स्वतः मजबूत हो जाती हैं।

मुश्किलों से घिरकर घबराना अथवा डर जाना समस्या का समाधान नहीं है, बल्कि उनसे जूझना ही समझदारी कहलाता है।

शैनशिका ने ये सारी बातें नज़रों में नज़रें डालकर कहीं ताकि उसकी प्यार भरी नज़र और सम्मोहित कर देने वाली नशीली आंखों की खुमारी में आकर, वह सारी बेचैनी को भुला हिम्मत से काम ले। और इसी के साथ उसके आंसूओं को पोंछकर, उसके बालों को सहलाते हुए उसने उसे कपड़े बदलने के लिए दूसरे वस्त्र लाकर दिए।

चादर में सिमटे-सिमटे प्यार में डूब घड़ी भर के लिए अपना दुःख भूल वह सोचने लगा कि अगर शैनशिका मेरी ज़िंदगी में न आती तो शायद मैं अधूरा था, खैर, कुछ भी हो कुदरत ने कितनी हसरत से दुनिया बनाने के साथ प्यार जैसे शब्द को पैदा किया, जिसके सहारे इंसान मुश्किलों में भी हंसकर जीना सीख लेता है, शायद इसलिए दुनिया प्यार को इस तरह सलाम करती है।

प्यार वह खुशबू है, जो इंसान के दिल में खिले फूल से निकलती है। जिसकी गंध मात्र से ही सभी पगला जाते हैं।

शैनशिका ने बड़े नाज-ओ-अंदाज से कहा, "अब क्या हुआ, जो इतनी गहरी सोच में डूब गए, जल्दी से इन कपड़ों को पहनकर बाहर आएं, मैं बाबा को खबर किए देती हूं। आप बिल्कुल स्वस्थ हो चुके हैं और उन्हें यह भी खबर देनी होगी कि आखिर 'अलिशा' और 'जॉन' किस नयी-दुनिया में खो गए हैं, उन्हें ढूंढ निकालना बहुत ज़रूरी है।" यह कहती हुई वह कमरे से बाहर निकल आई।

कमरे का बाहरी वातावरण सूर्योदय के प्रभाववश सब कुछ बदल चुका था।

आसमां की ऊंचाइयों से नीचे आता पक्षियों का झुंड कभी पेड़ों की टहनियों पर बैठता तो कभी पास बहती नदी के ऊपर से उड़ता हुआ पानी में गोते लगाता।

रात इतनी तेज़ वर्षा होने के बाद भी ऐसा नहीं लग रहा था कि तेज़ बारिश हुई भी हो।

शैनशिका गुजरे कल में इस वक्त सहेलियों के साथ फूलों और पानी की व्यवस्था लिए पनघट जाया करती थी, इसलिए उसे ले जाने के लिए उसकी कुछ सहेलियां रोज की तरह आ पहुंची पर शैनशिका उन्हें फूलों डलियां और पानी के लिए गगरी सौंपती कहने लगी, "देखो, आज मैं पनघट नहीं जा सकती, कृपया तुम सब थोड़ी मदद कर दो।"

"क्या बात है शैनशिका, तेरी तबीयत तो ठीक है न?"

"हां, भला मुझे क्या हो सकता है, मैं बिल्कुल खुश हूं।"

इस बातचीत के बीच ड्राईगन पूर्ण रूप से व्यवस्थित हो कमरे से बाहर निकल आया और फिर सारे माजरे को देख-समझकर सारी सहेलियां बोलने लगीं, "अच्छा, तो अब हम समझीं, भला यह पनघट क्यों नहीं जाना चाहती। महारानीजी का शहज़ादा, जो इनके साथ हैं। और जब शहज़ादा इनके साथ है तो यह शहज़ादी हम सहेलियों को भला अब घास क्यों डालने लगी। सोचने की बात है, शहज़ादे को छोड़कर भला कहीं जाने का मन करेगा, जो यह पनघट जाएगी।"

"क्यों रे रेशमा, मैं सच कह रही हूं न।"

सभी खिलखिलाते हुए कहने लगीं, "इसमें भी कोई शंका है।"

शैनशिका गुस्से से तमतमाई, "तुम सभी को मज़ाक के सिवाय कुछ और नज़र नहीं आता क्या! जब देखो, बिना कारण हंस देती हो। अगर मेरी सहायता नहीं करना चाहती तो कोई बात नहीं, देर-सवेर जब आवश्यकता समझूंगी तो खुद पनघट चली जाऊंगी।"

"हां-हां, हम सब अच्छी तरह जानती हैं, भगवान ने तुम्हें भी हाथ-पैर दिए हैं, पर इतना गुस्सा दिखाना ठीक नहीं, आखिर हम तुम्हारी सहेली हैं, कोई दुश्मन नहीं। हमें तुमसे मसखरी करने का हक बनता है और हम सब अच्छी तरह जानती हैं, जब तुम्हें अपना काम निकालना होता है तो इसी तरह, हम सभी पर गुस्सा कर, अपना उल्लू सीधा कर लेती हो। खैर, तुझे तो बाद में देखूंगी, पहले अपनी गगरिया और डलिया लाकर हमें दो, हम सभी को देर हो रही है।"

शैनशिका मुस्कराती हुई अंदर गई और गगरी तथा डलिया लाकर सहेलियों को थमा दी।

"तुम सब देख रही हो किस तरह हंसी जा रही है, इसके अभिनय ने तो हमारी नाक में दम कर रखा है।" एक सहेली गाल बिचकाते हुए बोली।

शैनशिका पुनः बिगड़ी, "अब जाओ भी, क्या तुम्हें देर नहीं हो रही है।"

"हां, जा रही हूं पर वापस लौटकर बताती हूं।"

अगले ही पल शैनशिका की नज़रें बाबा और ड्राईगन को तलाशने लगीं।

दोनों को एक जुट, आपस में बातें करते तथा बाबा के हाथों में तलवार देखकर वह गंभीर हो गई, क्योंकि जमाना बीत गया था, तलवार को कुटिया में पड़ा देखते हुए। किंतु कभी इस विचार से भी उस जंग लगी तलवार को बाबा ने छूने की कोशिश नहीं की थी कि यह मेरी वर्षों पुरानी तलवार है। जिसके बलबूते उन्होंने न जाने कितने को दांतों तले अंगुलियां दबाने को मजबूर कर दिया था। जिसे एक नज़र देखकर या छूकर भी कभी पुरानी यादों को ताजा करने की ज़रूरत नहीं समझी और अचानक आज वर्षों बाद, उसे अपने हाथों में लिए बाबा उसकी जंग को साफ करने की कोशिश में थे। इसके पीछे ज़रूर कोई राज़ है, यह सोचकर लंबे-लंबे कदमों के साथ वह उनके करीब पहुंची।

ड्राईगन के चेहरे पर घबराहट और बेचैनी को भांपते हुए उसने बदले माहौल को जानने की उत्सुकता ज़ाहिर की।

"क्या हुआ, आप सब इतने चिंतित क्यों नज़र आ रहे हैं और आज वर्षों बाद आपके हाथों में तलवार? आखिर, सब खैरियत तो है। 'अलिशा' और 'जॉन' कहां खो गए हैं, उनकी कुछ खबर मिली?"

ड्राईगन अपनी खामोशी ज़्यादा देर नहीं रोक पाया और उसके मुंह से बेसाख्ता निकल पड़ा, "जिस प्रश्न को लेकर तुम इतनी चिंतित हो, वही प्रश्न हमारे लिए भी चिंता का विषय बना हुआ है। जिसे सुलझाने को बाबा के मार्ग-दर्शन की आवश्यकता है, पर न जाने क्यों वह भी कुछ विचलित नज़र आ रहे हैं। आखिरी सारी मुश्किलें मेरे दामन में आकर ही क्यों सिमट जाती हैं, क्या मैं दुनिया का सबसे बदनसीब इंसान हूं?"

यह कहते हुए पहली बार ड्राईगन अपनी किस्मत को कोसने लगा। बाबा अल्तमस जानते हैं कि 'अलिशा' और 'जॉन' किस मुसीबत में घिर

गए हैं, फिर भी इन बातों को बताने में उन्हें कोई संकोच नहीं हो रहा है कि कहीं उनके शब्दों को सुनकर ड्राईगन सदमा न खा जाए। इसलिए ज़रूरी था, पहले उसकी हिम्मत को बांधना ताकि वह इस घोर विपत्ति का सामना निडरता के साथ कर सके।

"क्या तुम यह जानकर संभल पाओगे कि 'अलिशा' और 'जॉन' किस विपदा से घिरे हैं।"

"आप कैसी उलझी बातें कर रहे हैं, भला इस विपदा को जानकर संभलने की क्या आवश्यकता है, मैंने तो आपसे सिर्फ़ सारी पहेलियों को सुलझाने की प्रार्थना की है। पर यह क्या आपकी तमाम बातें एक पहेली नज़र आ रही हैं।"

बाबा ने पुनः एक अलग लहजे में अपने मन की बात कही, "जैसा तुम समझ रहे हो हालात वैसे नहीं हैं। हमें हिम्मत के साथ काम लेना होगा।"

"हां, पर बात क्या हैं? यह जान लेने के बाद ही कुछ किया जाएगा, इसलिए जो भी बात है, बिना संकोच कह दें।"

"तो ठीक है, तुम्हें थोड़ा सदमा तो पहुंचेगा पर इसे छुपाना भी उचित नहीं है, खैर, अलिशा और जॉन कहीं और नहीं, बल्कि एक बार पुनः वही खेल दोहराया गया है जिसे वर्षों पूर्व मेरे साथ खेला गया था और जिसमें मैंने बहुत कुछ खोया था, जिसमें हमारी हार और उसकी जीत हुई थी। पर इस बार सिर्फ़ हमारी जीत होगी।"

बाबा के शब्दों में गंभीरता थी और आंखों में प्रतिशोध की ज्वाला दहक रही थी। परंतु न ही इन शब्दों को शैनशिका समझ पा रही थी और न ही ड्राईगन।

शैनशिका, "आप कैसी उलझी हुई बातें कर रहे हैं, हमें कुछ समझ नहीं आ रहा, आखिर हुआ क्या है?"

"इतना कुछ हो जाने के बाबजूद भी पूछ रही हो, हुआ क्या? खैर, जो मेरी ज्ञानेंद्रियां देख रही हैं, शायद उसे तुम दोनों नहीं समझ पा रहे, इसलिए सच्चाई को समझने में देर हो रही है। रैंडम सम्मोहन-शक्ति का दुरुप्रयोग कर 'अलिशा' को अपने इशारे पर नचा रहा है, ताकि हमारी कमजोरी बन पुनः एक बार अंधेरा उजाले पर हावी हो जाए।"

बाबा का इतना कहना था और ड्राईगन तो जैसे इन वाक्यों को सुनकर खामोश मुर्दे की तरह खुली आंख मौत की गोद में चला गया हो। पर थोड़ी देर बाद घुटनों के बल जमीं को छूता फर्श पर हाथ पटकता गुस्से और आंसू को पीकर आंखों को लाल करता वह सिर धुन रहा था। परंतु शैनशिका को अभी भी विश्वास नहीं हो पा रहा था कि ऐसा कैसे हो सकता है। अलिशा न ही कभी उस जंगल के इर्द-गिर्द भटकी थी और न ही रैंडम ने कभी अलिशा को देखा होगा तो वह बिना देखे-जाने किस आधार पर उसके ज़ेहन पर अपनी हुकूमत पैदा कर सकता है। और जहां तक मैं जानती हूं सम्मोहन का अर्थ किसी इंसान की ज्ञानेंद्रियों पर अपना वश गालिब करना होता है, परंतु किसी को सम्मोहित करने के लिए भी कुछ नियम और शर्तें हैं, जिनका पालन किए वगैर कोई भी इंसान सम्मोहन कला (हिप्नोटाइज या मैस्मोरिज्म) का सफल प्रयोग नहीं कर सकता। कम-से-कम भारतीय तांत्रिकों का तंत्र शास्त्र तो ऐसा ही कहता है।

"तुम्हारा कहना ठीक है, पर तुम भूल रही हो ड्राईगन और अलिशा के बीच एक भाई-बहन का रिश्ता है और जब ड्राईगन जंगल के वीरानों में भटक रहा था, यह उम्मीद लिए कि उस स्त्री को पकड़ सच्चाई जानकर रहूंगा तथा एक उड़ान में उसे पकड़ लेने की चाह से उसने जो छलांग लगाई थी और जख्मी होकर फर्श पर गिर गया था, उस वक्त उसके सिर एवं हाथों से बहता खून वहां गिरा होगा, यथासंभव उसी के आधार पर रैंडम अलिशा तक पहुंच गया और उसी खून की समगुणवत्ता के जरिए उसने अलिशा पर अपने सम्मोहन का जादुई चक्र चला दिया है और अब मनचाहे तरीके से अलिशा तथा जॉन को नचा रहा है।" बाबा यह कहकर सोच में पड़ गए।

"पर कैसे? आखिर मेरे खून में ऐसा क्या है, जिसकी बदौलत अलिशा मुसीबत के घेरे में चली गई, अफ़सोस अलिशा की बातों को न मानकर मैंने बहुत बड़ी ग़लती कर दी। न ही मैं उस जंगल के रास्ते गुजरता और न ही यह दिन देखना पड़ता।" यह कहते हुए ड्राईगन अपना सिर धुनने लगा।

शैनशिका उसे दिलासा देते हुए पुचकारने लगी और कहने लगी, "हिम्मत से काम लें। इस तरह विलाप कर कुछ नहीं पा सकेंगे। हम

सबको मिलकर धैर्यपूर्वक कुछ उपाय निकालना होगा। यह बुरा दिन गुजर जाएगा और वक्त की रात भी ढल जाएगी, मुश्किलें नहीं होतीं हमेशा के लिए, बस इंसान का इम्तिहान लेने वे आती हैं। यह बुरा वक्त भी निकल जाएगा। इसलिए ईश्वर पर भरोसा रखें, इस मुसीबत से बाहर निकलने की सोचें।"

बाबा अल्तमस ने हामी भरते हुए कहा, "शैनशिका बिल्कुल ठीक कह रही है, हमें हिम्मत से काम लेना होगा तथा मैंने तुम्हें एक पुत्र का दर्जा दिया है और तुमसे ज़्यादा कहीं मुझे परिवार की चिंता है, मैं इस बार वे खुशियां नहीं खोने दूंगा, जो मैं वर्षों पूर्व खो बैठा था। क्योंकि मैं अच्छी तरह जानता हूं, बिना परिवार के जीना कोई जीना नहीं होता, हमें पूरी सतर्कता से काम लेना होगा। यह मत भूलो रैंडम कोई साधारण तांत्रिक नहीं, जब तुम्हारे खून और जंगल में फैली तुम्हारे बदन की गंध से जब तुम्हारा पूरा इतिहास जान सकता है, तो समझ लो वह पूरी तैयारी के साथ हमारे स्वागत के लिए बेताब होगा। इसलिए सबसे पहले हमें अपनी कमजोरी को उसके चंगुल से बाहर निकालना होगा और इस काम के लिए हमारे पास मात्र आज की रात है, क्योंकि कल अमावस्या है, और कल की रात बुरी-शक्ति हम सभी पर हावी हो सकती है। इसलिए बेहतर होगा आज ही कि रात हर हाल में अलिशा और जॉन को बाहर निकाल लिया जाए और मुझे भी वर्षों पुराना हिसाब चुकाना है, जिसका मुझे लंबे समय से इंतजार है।"

"पर कैसे?" शैनशिका और ड्राईगन दोनों के मुंह से एक साथ निकला।

"थोड़ा सब्र रखो, हमें शक्ति के साथ-साथ बुद्धि-विवेक और धैर्य से भी काम लेना होगा। वह अलिशा और जॉन को कहां छिपा सकता है, यह तो मैं नहीं जानता, परंतु मैं यह भलीभांति जानता हूं कि उसके पास दो ही खास जगह हैं, एक तो हवेली और दूसरा खंडहर, जहां वह काली-शक्ति की अपनी तालीम का मुआयना करता रहता है। इसलिए हमें सबसे पहले इन दोनों जगहों पर जाकर अलिशा और जॉन को तलाशना होगा।"

"तो ठीक है हम तैयार हैं।"

आज एक बार पुनः बाबा अल्तमस की ज़िंदगी ने ऐसा मोड़ लिया था कि चमचमाती तलवार म्यान में न होकर उनके हाथों की शोभा बन रही थी। वर्षों पहले किए गए वादों को पूरा करने का वक्त आ चुका था। वे सब पूरी तैयारी के साथ हर तरह के संघर्ष के लिए तैयार थे।

शैनशिका और ड्राईगन ने ज़रूरत अनुसार शस्त्रों को साथ ले लिया, क्योंकि वक्त कब बुरा गुजरे और उन्हें भी खुद के बचाव के लिए दुश्मनों से लड़ना पड़े कोई नहीं जानता था। इसलिए सतर्कता बरतना ज़रूरी था।

समय गुजरता जा रहा था और इस काम को अंजाम देने के लिए मात्र आज की ही रात बची थी।

ड्राईगन भगवान पर विश्वास रखता मन-ही-मन सब कुछ ठीक हो जाने के लिए दुआ मांगता दिल को तसल्ली देने की कोशिश कर रहा था।

खैर, लक्ष्य की ओर पहला कदम बढ़ाने के लिए बग्घी तैनात थी, सभी यथाशीघ्र आगे बढ़े।

ड्राईगन ने घोड़े की लगाम को थाम चाबुक की चोट के साथ झटके से बग्घी को आगे बढ़ाया।

बग्घी की तेज़ रफ़्तार और उसके चेहरे की घबराहट साफ ज़ाहिर कर रही थी कि वह जल्द-से-जल्द बग्घी को हांक जंगल की कोह में पहुंचने को उतावला था।

सूर्य समय की भंवर को पार करता संध्या का किनारा चूमने को बेताब हो रहा था। मानो, जैसे वक्त तेज़ कदमों के साथ शाम की ओर लुढ़कता जा रहा हो। सभी के चेहरों पर बेचैनी साफ तौर से झलक रही थी।

बाबा अल्तमस़ गहरी सोच में डूबे वक्त को अंजाम देने के लिए इरादों को मजबूत करते जा रहे थे।

सूर्य डूब चुका था और आखिरी गांव की सीमाएं पार करता, जंगल के रास्ते बग्घी खामोशी को चीरती सरपट दौड़ती चली जा रही थी।

जिस रास्ते ड्राईगन बिना खौफ़ हर रात शहर से लौटता था, आज वही राह उसके दिल में खौफ़ और भय पैदा कर रही थी। क्योंकि अब वह जान चुका था कि इन वीराने जंगलों में प्यासी आत्माएं भटकती हैं। आज उसका दिल डर से जवाब दे रहा था और न चाहते हुए भी इन राहों से गुजरना उसकी मजबूरी बन चुका था।

खामोशी में डूबी शाम वक्त गुजरते धीरे-धीरे अंधेरे की काली चादर तान जंगल को ढंकने लगी थी। हवाएं मौत की शहनाई बजाती दिल में खौफ़ पैदा कर रही थीं। ऐसा लग रहा था आज रात खामोशी मौत की नींद सुलाकर रहेगी, पेड़-पौधों की पत्तियों से सरसराहट की आवाज़ आ-आकर शरीर में सिहरन पैदा करती निडरता को तोड़ रही थी। लग रहा था कुदरत की सुंदरता हैवानियत का चोला ओढ़े इंसान को जिंदा निगल जाएगी।

एकाएक हवाओं में ऐसी गंध का आभास हुआ कि हाथ स्वतः ही नाक पर जा पहुंचा तथा इस दुर्गंध का असर सिर्फ़ इंसान पर ही नहीं बल्कि घोड़े पर भी देखने को मिला। और वह भी इस दुर्गंधमय वातावरण को तेज़ गति से दौड़कर छोड़ भागने की जुगत भिड़ाने लगा।

रात गहरी होने के साथ-साथ जंगल और भी खामोशी में डूबता जा रहा था। हवाओं की तो पूछो ही मत, कभी तूफ़ान का रूप लेतीं तो कभी मद्धिम गति में बहती अदाएं बिखेरने लगती थीं। हर कदम पर वीरानगी किसी अनजान, अनचीन्हे भय का संचार कर रही थी। कब, कहां और किस ओर से मुसीबत टूट पड़ेगी, कोई नहीं जानता था, इसलिए सबकी आंखें चौकन्नी थीं।

बाबा के हाथों में जलती मशाल अंधेरों में रोशनी देती बग्घी को आगे बढ़ा रही थी।

ड्राईगन उस जगह की तलाश में नज़रों को टिकाए था, जहां पिछली रात वह अपनी गाड़ी को खड़ा कर, उस स्त्री का पीछा करते-करते हवेली तक गया था। उसकी याद्दाश्त के अनुसार वह जगह अब ज़्यादा दूर नहीं बल्कि कुछ फर्लांग ही शेष रह गई थी।

सड़क सूखे पत्तों से ढंकी होने के कारण बग्घी की तेज़ चाल से उड़ते पत्ते दूर जा-जाकर गिर रहे थे। मानो आसमां पत्तों की बरसात कर रहा हो। खैर, नज़रों की तलाश पूरी हुई और उसने बग्घी को ठीक उसी जगह रोक दिया, जहां से एक कच्चा पगडंडीनुमा रास्ता जंगल की कोह में चला गया था।

सभी ने चुप्पी साधे यथाशीघ्र बग्घी से उतरकर एक दूजे की आंखों में आंखें डालकर इशारों-ही-इशारों में बात की।

ड्राईगन ने तिरछी निगाहों से चारों तरफ देखते हुए बग्घी से घोड़े को अलग किया और फिर घोड़े की लगाम थामे पगडंडियों पर चलने लगा।

बाबा सबसे आगे और ड्राईगन सबसे पीछे तथा शैनशिका दोनों के बीच तेज़ चाल से आगे बढ़ रही थी।

पैरों की तेज़ चाल और सूखे पत्तों की चरमराहट जैसे संगीत की थाप दे रही हो।

बाबा तलवार की नोंक से रास्ते को साफ करते आगे-ही-आगे बढ़ते चले जा रहे थे और शैनशिका सभी का साया बन मशाल को हाथ में लिए आगे बढ़ रही थी तथा ड्राईगन इन सभी के विपरीत अपनी निगाहों को चारों तरफ नचाता सभी दिशाओं पर पकड़ बनाए था कि कोई भी खतरा उन्हें मात न दे सके। इस तरह एक दूसरे का साथ देते हुए वे हर तरह के खतरों को दूर रखने की कोशिश में थे।

समय का घोड़ा तेज़ गति से दौड़ रहा था और सभी के चेहरों पर चिंता की लकीरें और गहरी होती जा रही थीं जैसे मौत से ज़्यादा भयानक ज़िंदगी लग रही हो।

रात का सन्नाटा सांय-सांय कर रहा था, आसमां काले बादलों से घिरा अंधेरी रात में घुला मौत का खामोश काला समुंदर लग रहा था, जहां ज़िंदगी तो क्या, मौत की चुड़ैलों को भी जाने में डर लगे। अंधड़ जैसी सन-सन करती हवाएं कह रही हों, 'लौट जाओ! इसी में भलाई है लौट जाओ...!'

शैनशिका डर से कांपती ड्राईगन का हाथ पकड़ पगडंडी पर बढ़ने लगी।

न जाने आज की रात जंगली बिल्ली रो-रोकर किस बात का संकेत दे रही थी।

झाड़ियों के इस पार से हवेली अब थोड़ी धुंधली-धुंधली-सी दिखने लगी थी।

बाबा ने इशारा करते हुए एक-दूसरे को आपस में करीब हो जाने को कहा तथा शैनशिका के हाथों से मशाल लेकर बुझाते हुए हवेली की तरफ कुछ इशारा किया।

आधा चांद बादलों में छिप-छिपकर आंख-मिचौली का खेल खेलता, रोशनी का मद्धिम किरणों से हवेली को उजागर करता कभी बादलों में छिपता था और निकल आता था।

एक उल्लू और चमगादड़ ने हवेली की ऊपरी मंजिल से चीखते हुए एक साथ उड़ान भरी, जैसे किसी को डराने के लिए पहले से ही उड़ान की तैयारी कर रखी हो।

यह सारा नजा़रा हवेली से थोड़ी दूर झाड़ियों के पीछे छिपकर तीनों ध्यान से देख रहे थे।

शैनशिका के लिए यह पहली भयानक रात थी। उसने सपनों में भी कभी ऐसी डरावनी रात नहीं देखी थी। वह डर से कांप रही थी। उसकी इस कंपकंपी का एहसास सिर्फ़ ड्राईगन को हो रहा था, क्योंकि उसके हाथों का तापमान और शैनशिका की जोरदार कसी हुई पकड़ को वह अपनी हथेली पर महसूस कर रहा था।

मशाल के बुझने से आस-पास का वातावरण और भी धुंधला लग रहा था, पर क्या किया जाए मशाल को बुझाना मजबूरी था, अन्यथा फैली हुई रोशनी से कोई भी दुश्मन दूर से ही सभी की उपस्थिति का पता लगा सकता था।

बाबा ने धीमे स्वर में कहा, "हमारे पास वक्त बहुत कम है। हमें जल्द-से-जल्द अलिशा और जॉन को बाहर निकालना होगा। पर हम यह नहीं जानते, वह दोनों यहां मिलेंगे या फिर खंडहर में, इसलिए समय को ध्यान में रखते, हमें अलग-अलग जगहों पर उन्हें तलाशना होगा। इसलिए तुम हवेली में जाओ और मैं पीछे के रास्ते खंडहर में जाऊंगा तथा शैनशिका इसी जगह ठहर कर हम दोनों का इंतजार करेगी। और अगर मुझे आने में देर हो गई तो समझना खतरा है, आगे ईश्वर की मर्जी।"

बाबा ने हाथ बढ़ाकर लगाम को ड्राईगन के हाथों से लेकर आगे बढ़ना चाहा, परंतु शैनशिका ने कुछ कहना चाहा, "मैं इस जगह पर अकेली खड़ी रहकर क्या कर सकती हूं। मुझे भी हवेली में जाने की इज़ाजत दे दें।"

"नहीं! यह उचित नहीं है। तुम्हें नहीं पता हवेली प्रेत-प्रकोप से श्रापित है। हवेली से उच्चतम स्थान यह जगह होगी क्योंकि मैं इस जगह

को मंत्रों की शक्ति के बल पर बांध दूंगा।" शैनशिका ने पुनः कुछ कहना चाहा, किंतु बाबा ने बीच में ही रोक दिया, "मत भूलो कि तुम एक नारी हो और प्रेत आत्माएं युवाओं की अपेक्षा युवतियों को जल्दी प्रभावित करती हैं, क्योंकि मर्दों की अपेक्षा स्त्री कुछ ज़्यादा ही भावुक और नाजुक हृदय की होती है। इसलिए तुम्हारा हवेली में जाना खतरों से कम नहीं है।"

शैनशिका अपनी इच्छा दबाती चुप हो गई।

बाबा अपने जीवनकाल में प्राप्त किए कड़ी साधना के बल पर कुछ बुदबुदाते हुए चारों दिशाओं में नज़रें गुरेड़कर, उस जगह को पवित्र करते हुए बुरी आत्मा की नज़रों से उस जगह को पूरी तरह महफूज कर, पूरी तरह मंत्र-रक्षित कर घोड़े पर सवार हो निडरता पूर्वक लगाम थामे आगे बढ़ गए। देखते-ही-देखते बाबा आंखों से ओझल होते चले गए।

शैनशिका का चेहरे देखते ही बन रहा था। उदास, मुरझाए चेहरे पर बनावटी हंसी, उसे और भी मासूम बना रही थी। उसके चेहरे पर बिखरी जुल्फें और घबराहट साफ ज़ाहिर कर रही थीं कि मुझे भी अपने साथ ले चलो, पर अब यह मुश्किल था।

ड्राईगन जाने के लिए आगे बढ़ा, पर शैनशिका ने उसका हाथ नहीं छोड़ा। वह पुनः पीछे मुड़कर उसकी आंखों में झांककर और प्यार से समझाते हुए बोला, "तुम्हें डरने की कोई आवश्यकता नहीं है। मैं यूं गया और यूं आया।" पर वह रोती हुई कहने लगी, "मुझे अपनी मौत का डर नहीं। मुझे डर है, कहीं तुम्हें कुछ हो न जाए, और भगवान न करे अगर तुम्हें कुछ हो गया तो मैं जीकर ही क्या करूंगी। तुम्हारे साथ हवेली में रही और मुझे मौत आई तो कम-से-कम मौत ही सही पर तुम्हारी बांहों में तो मरूंगी।"

उसका कहना था और ड्राईगन ने उसके लफ़्जों की दीवानगी में डूबकर उसे अपनी बाहों में भर लिया। वह बेतहाशा उसे चूमने लगा। अगर खुदा ने दिल में इतनी जगह दी होती कि कोई उसमें समा जाए तो आज यह हसरत भी वह पूरी कर लेता। पर अफसोस! खैर, एक दूजे की पकड़ इतनी मजबूत थी कि दो जिस्म एक जान लग रहे थे। दोनों एक दूजे के साथ अंतरंग तक चिपक गए थे।

ड्राईगन किसी तरह सांत्वना देकर उसे बहला-फुसलाकर साथ चलने की उसकी जिद को टालता हुआ पुनः आगे बढ़ गया।

शैनशिका ईश्वर पर भरोसा रखती, भगवान से फरियाद करती डूब गई कि किसी तरह इस मुसीबत से उबारकर वह सपना पूरा कर दो, जिसका मुझे वर्षों से इंतजार था। इधर बाबा एक हाथ में तलवार और दूजे में लगाम को थामे, शत्रु के इरादों को मौत देने के लिए बेताब थे। या तो मैं खुद मिट जाऊंगा या फिर उसे मिटा दूंगा। इन बातों को देखकर ऐसा लग रहा था कि आज पहली बार मौत ज़िंदगी की गुलाम होने जा रही है।

ड्राईगन धीमे कदमों से आगे बढ़ने लगा और शैनशिका उसी मंत्रबद्ध स्थान से एकटक हवेली को देखने लगी। उधर हवाओं की तेज़ी ऊंचे-ऊंचे पेड़ों को हिलाती खौफ़ मचाए थी।

ड्राईगन दिल को थामे चुपके-चुपके आगे बढ़ता, हवेली के करीब आ पहुंचा तथा अधखुले दरवाज़े से अंदर प्रवेश कर गया।

डर के मारे उसका पूरा बदन पसीने में डूब गया था, लंबी-लंबी सांसों के साथ बढ़ते कदमों से वह कमरे का मुआयना करने लगा।

अपने एक हाथ में तलवार लिए चौकस भरी नज़रों से इधर-उधर देखता सावधानी पूर्वक वह आगे बढ़ रहा था। ऊपरी मंजिल से किसी के रोने और गिड़गिड़ाने की आवाज़ कानों तक आ रही थी। जैसे कोई दर्द से कलपता राहत पाने के लिए सिसकियां भर-भरकर अपने दिल को तसल्ली दे रहा हो।

वह धीमी गति से सीढ़ियों की तरफ बढ़ा।

कराहने की आवाज़ तेज़ होती जा रही थी जैसे कोई किसी घायल व्यक्ति के जख्मों पर नमक डाल उसे तड़पा रहा हो और चीख इतनी दर्द भरी थी कि कोई उसे सुनकर ही दहल जाए।

ड्राईगन आ रही आवाज़ के बिल्कुल करीब जा पहुंचा। ठीक सीढ़ियों के पास वाले कमरे से चीख भरी ध्वनि की डरावनी आवाज़ फैल रही थी। उसके ज़ेहन में अपने भाई-बहन को लेकर तनाव और भी बढ़ चला था कि क्या पता वे अलिशा और जॉन ही हों। इसी खौफ़ के साथ दिल को थामे कमरे के अंदर झांका, पर कमरा बिल्कुल खाली पड़ा था। किंतु, फिर

भी कराहने की आवाज़ इसी कमरे से ही आ रही थी। एकाएक नज़र दीवार के करीब किसी की तरफ पड़ी। किसी को तड़पता देख वह आगे बढ़ा।

धुंधली रोशनी में चेहरा स्पष्ट तो दिख नहीं पा रही थी। इसलिए करीब जाकर देखना चाहा, किंतु इस दृश्य को देखकर चौंक गया कि जॉन फर्श पर बेहोश पड़ा है तथा उसके सिर पर चोट और चेहरे पर नाखनू भरे निशान के अलावा और कोई जख्म नहीं है। परंतु कराहने की आवाज़ न जाने कहां से आ रही है, इसका अब तक पता नहीं चल सका था।

खैर, यथाशीघ्र उसे होश में लाने की कोशिश कर उसने अलिशा को ढूंढ निकालने के लिए इधर-उधर नज़रें दौड़ाईं। किंतु, चारों तरफ सिवाय अंधेरे में डूबी दीवार के अलावा कुछ नज़र नहीं आया। और अचानक सब कुछ इस तरह शांत हो गया, जैसे तूफ़ान के बाद का माहौल होता है।

हवेली के साथ मानो पूरा जंगल ही खामोशी का चोला पहन कुछ नया ही गुल खिलाने की सोच रहा था।

ड्राईगन जितनी जल्दी हो सके, यहां से निकल जाना चाहता था। इसलिए कि न जाने कब कहां से कोई खतरा कूद पड़े। इसलिए यहां से निकल जाना ही उसने मुनासिब समझा, परंतु अलिशा अभी तक नहीं मिल पाई थी। न जाने वह किस हाल में होगी, यह सोचकर वह और भी घबरा रहा था। पर, फिलहाल जॉन को सुरक्षित जगह पहुंचाना ज़्यादा ज़रूरी था।

जॉन को कंधे पर उठाकर कमरे से बाहर निकलता वह सीढ़ियों की तरफ बढ़ा और संभलते कदमों से अंधेरों को चीरता तेज़ी से आगे बढ़ रहा था और हर पल ईश्वर से दुआ करता कि किसी तरह खतरों को रोके रखें ताकि जॉन को उस जगह तक पहुंचा सकूं, जहां शैनशिका मंत्र-बिद्ध जगह पर सुरक्षित विद्यमान है। और इसी तरह हिम्मत बांधे वह हवेली से बाहर निकल आया और तेज़ गति से दौड़ता झाड़ियों के पीछे इंतजार कर रही शैनशिका की तरफ भागा। लेकिन जब उस जगह पर पहुंचा तो शैनशिका को वहां न पाकर वह विचलित हो गया कि आखिर वह कहां गुम हो गई।

ड्राईगन थोड़ी देर के लिए भी चैन भरी सांस न ले पाया था कि एक और नयी मुसीबत से घिर गया था। पता नहीं अब ये कौन-सी नयी

मुसीबत आई। अब शैनशिका—उसकी हृदयेश्वरी भी गायब हो गई है। वह आसमां की तरफ मुंह उठाकर अपने को कोसने लगा। उसे लगा यह सब उसी की मूर्खता की वजह से हो रहा है।

पहले ही क्या कम मुसीबत थी, जो एक और नयी परेशानी खड़ी कर दी। उसने इतना ही सोचा था कि अगले ही पल हवेली से जोरों की चीख आती सुनाई दी।

आवाज़ शैनशिका से थोड़ी मिलती-जुलती-सी लगी।

ड्राईगन यथाशीघ्र जॉन को फर्श पर वहीं लेटा तेज़ी से हवेली की तरफ दौड़ा और तेज़ आवाज़ से शैनशिका को पुकारता पुनः हवेली के अंदर घुस गया।

वर्षों बाद आज शायद कोई मनुष्य इस वीरान दुनिया में इंसानियत की फ़तह का परचम फहराने के लिए जान हथेली पर रखकर हर परिस्थिति से निबटने के लिए तैयार हो गया था।

खुले जंगल में आवाज़ दूर-दूर तक गूंज उठी तथा हवेली की दीवारों से टकराकर वापस कानों तक लौट आई।

ड्राईगन जल रही मशाल को हाथ में लिए एक बार पुनः जोर से चिल्लाया।

शैनशिका घबराई हुई सीढ़ियों से उतरी, आकर ड्राईगन से लिपट गई।

वह इतनी भयभीत थी, जैसे उसने कोई भयानक दृश्य देखा हो।

ड्राईगन ने उसे हिम्मत बंधाते हुए पूछा, "क्या हुआ जो तुम इतनी घबराई हुई हो? मैंने तो तुम्हें वहीं इंतजार करने को कहा था। तो क्यों मौत को दावत देने यहां चली आईं।" वह कसकर उसका हाथ थामे तेज़ी से हवेली से बाहर निकलने के लिए मुड़ा।

शैनशिका घबराई और लड़खड़ाती हुई भारी कदमों से आगे बढ़ी। वह इतनी डर चुकी थी कि उसके लिए ठीक से चल पाना भी मुश्किल हो रहा था।

ड्राईगन मशाल को एक ओर फेंकता, उसे गोद में उठा हवेली के बाहर दौड़ चला।

जलती मशाल सूखे पत्तों के संपर्क में आते ही दहक उठी और इतनी जल्द आग फैल गई कि उसे बुझा पाना अब मुश्किल ही समझो।

ड्राईगन इस बात की फिक्र छोड़ जॉन के पास आ पहुंचा। शैनशिका अब तक सामान्य हो चुकी थी। जॉन को बेहोशी की हालत में देख, अपनी हालत पर पूरी तरह काबू पाते हुए ड्राईगन से पूछ बैठी, "क्या यही जॉन है?"

ड्राईगन ने हामी भरते हुए शैनशिका पर गुस्सा जताया, उसे डांटा-डपटा भी। शैनशिका ने मासूमियत से बताया, "आखिर मैं क्या करती, हवेली से तुम्हारे आने में देर होती देख तथा चीखने और चिल्लाने की आवाज़ सुन मैं भ्रमित हो गई और खुद को रोक नहीं पाई तथा हवेली तक जा पहुंची। पर जब मैं तुम्हें ढूंढती उस जगह पहुंची तो भयानक दृश्य को देखकर स्वतः मेरे मुंह से चीख निकलपड़ी। मैं पीछे की ओर भागी, तब तक तुम आ चुके थे। खैर, ये सब छोड़ो और बताओ 'अलिशा' कहां है?"

ड्राईगन नाराज़गी व्यक्त करता बोला, "उसका अभी तक कुछ पता नहीं चल सका है।"

एकाएक शैनशिका के ज़ेहन में कुछ तरकीब सूझी, "क्यों न हम जॉन को होश में लाकर सारी घटनाओं की सिलसिलेवार जानकारी लें, शायद उससे कुछ पता चल सके।"

ड्राईगन ने सिर हिलाया, "सोच तो अच्छी है, पर इसे होश में लाएं कैसे?"

"इसकी चिंता आप मुझ पर छोड़ दें।"

"पर वो कैसे?"

"आप सिर्फ़ देखते जाओ।"

शैनशिका झटपट एक हाथ से जॉन की श्वासनली और मुंह को दबाती तथा दूसरे हाथ से उसके हृदय पर दबाव देकर उसकी मूर्च्छना को तोड़ने की कोशिश करती। एक-दो प्रयास में ही जॉन ने सांसों की कमी को पूरा करने के लिए ताकत से हृदय को फुलाया और वह घबराकर उठ बैठा तथा अपने आप में खोए थोड़ी देर तक अपनी हालत को पहचान अपनी याददाश्त को पूर्ववत् करने की कोशिश करने लगा। उसके बाद अपने भाई को देखकर चकित हो गया और घबराते हुए इस हक़ीकत को सपना न समझ, एक वास्तविक घटना समझ रोने लगा। आंसुओं को पीते

हुए कलपते स्वर में बोला, "भैया, दीदी को बचा लो। पता नहीं उसे क्या हो गया है, अचानक अपने कमरे से निकलकर, न जाने क्यों इस जंगल के रास्ते हवेली चली आई है। जब मैंने उसे रोकना चाहा तो मेरे सिर पर गहरी चोट कर और नाखून से मुझे घायल करती न जाने कहां गुम हो गई है। मैं किसी तरह पीछा करते, यहां तक आया तो सही, किंतु यहां इतनी भयानक-भयानक परछाईंयां घूमती हैं, जिन्हें देखकर मैं बेहोश हो गया।" इतना कहने के बाद वह अपने भाई से लिपटकर पुनः अलिशा को बचाने का आग्रह करने लगा।

ड्राईगन ने उसे दिलासा देते हुए कहा, "अब घबराने की कोई आवश्यकता नहीं, मैं सब कुछ ठीक कर दूंगा।"

शैनशिका बोली, "इसके लिए सबसे पहले हमें खंडहर जाना होगा, क्योंकि बाबा को आने में विलंब हो रहा है, शायद बाबा वहां किसी मुसीबत में तो नहीं फंस गए हैं।"

"हां, आप ठीक कह रही हैं। हमें जल्द ही चलना चाहिए।"

ड्राईगन ने वक्त की नाजुकी को देखते हुए फिलहाल जॉन को शैनशिका से परिचय कराना ठीक नहीं समझा और इतना कह कर कि एक से भले दो और दो से भले तीन तथा तीन से भले चार, वह खंडहरों की तरफ बढ़ गया। उसे अब भरोसा हो गया था कि अब कोई भी गैबी शक्ति उन्हें नहीं तोड़ सकती थी।

जॉन बदलते हालत को देख तथा अपने भाई को उत्साह में पाकर महसूस कर रहा था कि भैया सब ठीक कर देंगे। क्योंकि उसे इस बात का बचपन से ही एहसास था कि भैया हम दोनों से कितना प्यार करते हैं तथा हम पर कोई अंगुली उठाए तो उसकी अंगुली तोड़ना तो छोटी बात, पूरा हाथ ही उखाड़ फेंकेगे।

उधर हवेली के चारों ओर फैलती आग से जंगल धू-धूकर जल उठा था। हवा तेज़ थी, इससे आग की लपटें और भी विकराल हो गई थीं। जंगल की सूखी घास तथा झांड़-झंखाड़ की सूखी लकड़ियां तड़क-तड़क कर जल रही थीं।

हर तरफ रोशनी-ही-रोशनी नज़र आ रही थी। ऐसा मालूम पड़ रहा था जैसे किसी ने जानबूझकर जंगल में आग लगा दी हो।

खैर, कुछ ही समय में तीनों हवेली से काफी दूर निकल गए, परंतु उनमें से कोई नहीं जानता था कि खंडहर किस रास्ते पर जाकर मिलेगा, बस अनुमान के आधार पर वर्षों पहले बनाए गए रास्ते को पकड़कर वे आगे बढ़ रहे थे।

ड्राईगन को पूरा विश्वास था कि 'अलिशा' को अवश्य खंडहर में ही ले जाया गया है, क्योंकि रैंडम उसी जगह अपनी तमाम तांत्रिक क्रियाओं को अंजाम देता है। उधर हवेली में अलिशा का न मिलना भी साबित करता है कि वह अवश्य वहीं मौजूद होगी।

शैनशिका बड़ी हिम्मत से इस डरावनी रात को झेल रही थी। अब न ही उसे मौत का खौफ़ था और न ही किसी से डर, क्योंकि ड्राईगन जो उसके साथ था।

रात ढलती जा रही थी। जिसे देखकर सभी और भी अधिक तेज़ कदमों से बढ़ने लगे। हर किसी का चेहरा ज़िंदगी और मौत की इस जंग को जीतने के लिए उतावला था, पर इतनी आसान नहीं थी मंजिल, जिसे हाथ बढ़ाया और बस पा लिया जाए। क्या पता खून की नदियां बहानी पड़ें या फिर खुद ही मिट जाना पड़े। इसलिए अभी कुछ भी कहना संभव नहीं था। खैर, हवेली तक का सफ़र डरावने दृश्यों तक ही सीमित रहा। पर क्या पता, जिसका डर अब तक बना रहा, वह खंडहर में पूरा हो जाए। मौत की काली चादर कब हम सभी को ढंक ले, कोई नहीं जानता था।

हर तरफ जुगनू चमकते हुए रात की भयंकरता तथा रहस्यमयता को भयावह बना रहे थे। मौत की-सी भुतहा खामोशी चारों तरफ पसर गई थी। जैसे-जैसे रात ढलती जा रही थी, एक अजीब-सी मुर्दानगी छाती जा रही थी। अलिशा तथा बाबा के खैरख्वाह रहने की चिंता बढ़ती जा रही थी। समय को वश में करना किसी के वश में नहीं था। इसलिए वक्त को नज़र में रखते हुए सही समय पर निशाना साधना ज़रूरी था। पर निशाना सही है या ग़लत खंडहर के दिशा-बोध की अज्ञानता को देखते हुए कह पाना मुश्किल था। हवेली बहुत पीछे छूट चुकी थी और खंडहर का नामोनिशान तक नहीं था।

वे सभी खंडहर की तरफ बढ़ तो रहे हैं पर वह रास्ता खंडहर की ओर जाता भी है या नहीं। यह किसी को नहीं पता था। तीनों जने यूं ही अनुमान के आधार पर बढ़े जा रहे थे। दूसरी तरफ इस बात का भी डर था कि कहीं ग़लत रास्ते चल जंगल में भटक कर ही न रह जाएं। इसलिए रास्ते को अच्छी तरह परखना भी ज़रूरी था, परंतु कुछ सफ़र और पूरा करते ही अंधेरे में रोशनी की एक लकीर दिखी। ऐसा लग रहा था जैसे कि वहां किसी का कोई बसेरा हो।

नाउम्मीदी में उम्मीद का दीया जलते ही सभी का जोश दुगुना हो गया और सब तेज़ कदमों से आगे बढ़ने लगे। जैसे-जैसे रास्ता छोटा पड़ता गया, धुंधलापन भी दूर होता गया।

अब घनी झाड़ियों और ऊंचे-ऊंचे घने वृक्षों के बीच अधटूटे खंडहरनुमा मकान दिख रहे थे। ऐसा लगता था कि इस इलाके में मानो कभी कोई भूचाल आया हो। सारे मकान ध्वस्त हो गए हों, बस्ती उजड़ गई हो। जिसे देखकर हर कोई इसे खंडहर का नाम ही दे सकता था।

आस-पास पेड़ों पर चमगादड़ों का बसेरा था। टूटी हुई दीवारों के बीच जलती मशाल खंडहर के अंदरूनी भाग को दर्शाती रास्ता दिखा रही थी। परंतु जब तक पूरी तसल्ली न हो जाए कि यह वही जगह है, जहां रैंडम रहा करता है। तब तक कुछ भी कह पाना संभव नहीं था।

हर कोई जासूस की भांति आंखें नचाता निगाहों की पकड़ मजबूत बनाए था और इस अनुमानित जगह को तसल्ली के घेरों में लाकर भरोसे में तब्दील करने की कोशिश कर रहा था। पर एकाएक शैनशिका की नज़र ने झाड़ियों के पीछे बंधे घोड़े को तलाश लिया, जिससे यकीनन सभी का चेहरा खिल उठा। उन सबको यकीन हो गया कि वे सही जगह पर ही पहुंचे हैं और वक्त रहते पहुंचे हैं।

खैर, अब अगला कदम खंडहर में प्रवेश करना था और मौत से लड़कर ज़िंदगी को आज़ाद करना था।

सभी चुप्पी साधे कदमों की आवाज़ को बंदिश बनाए खंडहर के करीब आ पहुंचे। ऐसा लगा मानो खंडहर की दीवारें खामोशी में डूबी

स्वयं किसी का इंतजार कर रही हों और हर तरफ सन्नाटा-ही-सन्नाटा फैला हुआ था।

ड्राईगन बेखौफ़ आगे बढ़ता गया। पर जब सभी ने अंदर का दृश्य देखा तो जैसे सबको एक तेज़ विद्युत का झटका लगा और सभी के मुंह से चीख निकल पड़ी, "बाबा...!"

बाबा अल्तमस खून में सने बेसहारा जमीन पर अधमरे से पड़े थे। हर तरफ लाशें-ही-लाशें बिछी हुई थीं।

शैनशिका दौड़ती हुई बाबा के सिर को गोद में रख, उनके मुंह पर लगे लहू को पोंछती विलाप करने लगी। ड्राईगन ने उसके सिर पर हाथ फेर उसे तसल्ली देने क़ी भरसक कोशिश की।

बाबा का शरीर तलवार से घायल और खून से लोथ-पोथ था, पर उनकी हिम्मत और बुलंदियों में कोई कमी नज़र नहीं आ रही थी। माना वह बूढ़े हो चले थे पर इस जंग को देख कोई नहीं कह सकता था कि एक बूढ़ा मात्र एक तलवार के बल से बीसियों पर भारी पड़ सकता था। वाकई बाबा एक कुशल सेनापति थे।

बाबा ने निहायत थके-थके से लफ़्जों में बुदबुदाते हुए कहा, "मैंने इस जंग को आधा जीत लिया है और बची जंग को तुम्हें ही पूरा करना होगा। क्योंकि मेरा शरीर अब इस काबिल नहीं रहा। अलिशा उस दीवार के पीछे जंजीरों में जकड़ी है, जाओ उसे आज़ाद कर लाओ।"

ड्राईगन आज्ञा अनुसार 'अलिशा' को गोद में लिए वापस लौट आया।

जॉन ठीक बाबा के पैरों के करीब बैठकर सारी बातों को समझने की कोशिश कर रहा था।

बाबा ने कहा, "मैंने रैंडम का खातमा तो कर दिया, पर उसके मरने के बाद भी उसका बिछाया हुआ मायाजाल अभी तक इस जंगल को वीरान बनाए हुए है। जब तक इन सारी तांत्रिक शक्तियों को काटकर पूरे जंगल को पवित्र नहीं किया जाएगा तब तक यह जगह प्रेत प्रकोप से प्रभावित ही रहेगी। लोगों के दिलों में दहशत बनी-की-बनी रह जाएगी फिर पुनः कोई बुरा इंसान इस जगह का फायदा उठा इंसानियत की ज़िंदगी से खेलना शुरू कर देगा। जिसे मैं जीते जी तो क्या मरने के बाद

भी बर्दाश्त नहीं कर सकता। इसलिए इन बची सांसों से वे सारे वादे पूरे कर जाना चाहता हूं, जिनका मुझे लंबे समय से इंतजार था।"

शैनशिका ने अपने विचलित चेहरे पर समझदारी की सूझ लेकर कहा, "आप बुरी तरह घायल हैं और ड्राईगन तांत्रिक शक्तियों के बारे में कुछ नहीं जानता तो फिर इस अधूरी जंग को किस बल पर पूरा कर सकेंगे। इसलिए बेहतर यही होगा कि पहले आप अच्छी तरह से ठीक हो जाएं, फिर उसके बाद कुछ किया जाएगा।"

बाबा ने पुनः अपनी बात पर जोर देते हुए कहा, "नहीं ऐसा फिर कभी नहीं हो सकता, क्योंकि आज की रात ही एक ऐसा नक्षत्र है, जिसमें काली-शक्तियां कमजोर पड़ जाती हैं और इसी का फायदा उठाकर हमें इस जंग को सदा-सदा के लिए आज ही जीत लेना होगा, अन्यथा फिर संभव नहीं है। अगर ऐसा नहीं हुआ तो फिर अलिशा को भी सम्मोहन-शक्ति के प्रभाव से मुक्त नहीं किया जा सकेगा। इसलिए मेरी ज़िंदगी और मौत की चिंता छोड़ो तथा इस जंग को जीतने के लिए सोचो। मैं तो उसी दिन मर गया था जिस दिन मेरी प्यार भरी दुनिया उजड़ गई थी। मेरा जीना तो बस उन वादों को पूरा करने का बहाना भर है।"

यह सुनकर सभी की आंखें आंसूओं में डूब गईं। क्योंकि, अब तो सभी इस मोड़ पर खड़े थे कि या तो अलिशा को बचाया जाए या फिर बाबा को। अगर बाबा की ज़िंदगी के बारे में सोचा गया तो फिर वह सारे वादे अधूरे रह जाएंगे, जो कभी बाबा ने किसी से किए थे और हवेली वीरान की वीरान ही रह जाएगी।

बाबा सभी के चेहरों पर असमंजस की परछाईं देख बोले, "देर मत करो, हमारे पास वक्त बहुत कम है। अगर इस पहर के अंतिम चरण तक, उस मंत्र का आह्वान कर बुरी आत्मा को आज़ाद न किया गया तो फिर बहुत मुश्किल हो जाएगा। इसलिए मेरी ज़िंदगी को लेकर उलझन में पड़कर पूरी इंसानियत को दोजख की आग में मत झोंको। और रही बात रिश्तों के मोह की तो याद रखो—

जो दुनिया में आया है, उसे जाना होगा,
प्यार के बंधन को तोड़, अपनों को छोड़ दूर जाना होगा।
कौन कहता है ये दुनिया आशियाना है,

मैं तो कहता हूं, ये दुनिया इक पैमाना है।
एक-न-एक दिन मुझे भी जाना है
एक-न-एक दिन तुम्हें भी जाना है।

इसलिए मोह-माया में जकड़कर सच्चाई से मुंह मत मोड़ो और जैसा मैं कहता हूं, उसे ध्यान से सुनकर उसका पालन करो। याद रहे, ये ज़िंदगी का इम्तिहान है अगर इसमें सफल रहे तो जीवन सार्थक समझना, अन्यथा जीवन निरर्थक समझो।

खैर, मेरे पास ब्रह्म-विद्या का ज्ञान नहीं है। इसलिए मैं आत्मा को सम्मोहित नहीं कर सकता और न ही उन शक्तियों से लड़ सकता हूं। क्योंकि शक्ति इंसानियत के लिए भली हो या बुरी वह परमात्मा का अंश है। जहां से सारी शक्तियां जन्म लेती हैं और वहीं जाकर खत्म होती हैं, जिससे लड़ना इंसान के वश की बात नहीं। लेकिन ब्रह्म-विद्या के प्रयोग से ग़लत रास्ते भटक रही आत्मा को भी सही राह दिखा, उसे आज़ाद करना होगा और इसके लिए तुम्हें मेरी कुटिया में जाकर काले वस्त्र में लिपटी एक किताब को लाना है, जिसके बल पर सारी बुरी आत्माओं को सम्मोहित कर सही राह दिखा परमशक्ति के पास भेज देना होगा और इस काम को पूरा करने के लिए कुछ घंटे ही शेष रह गए हैं। अगर समय रहते इस काम को पूरा न किया गया तो फिर उस बुरी आत्मा पर काबू कर पाना मुश्किल ही नहीं, नामुमकिन हो जाएगा। इसलिए जितनी जल्द हो सके, उस किताब को ले आओ, अन्यथा अनर्थ हो जाएगा। यह जंगल हमेशा के लिए वीरानगी की गोद में खो जाएगा तथा याद रहे प्रेत-शक्ति हर पल तुम्हें पगभ्रमित करने की कोशिश करेगी, लेकिन उन सभी प्रेत-शक्तियों का प्रतिकार कर आगे बढ़ते रहना, चाहें कुछ भी क्यों न हो जाए।"

ड्राईगन बाबा का आशीर्वाद लेकर तेज़ गति से घोड़े को दौड़ाता बाबा की कुटिया की तरफ भागा। वह एक छलांग में घोड़े पर सवार हो, लगाम थामे धूल उड़ाते हवा से बातें करने लगा, तथा एक हाथ में तलवार लिए दातों को भींचता, गुस्से से आंखों को लाल कर घोड़े को ऐंड लगाए सरपट दौड़ता चला जा रहा था। पूरा बदन आक्रोश की आग में जल रहा था।

उधर शैनशिका और जॉन बाबा के घायल शरीर से रक्त स्राव को रोकने की कोशिश में जुटे हुए थे। बाबा अल्तमस को मौत से बचाने के

लिए वे हर संभव प्रयास कर रहे थे। पर बाबा का शरीर इतना घायल हो चुका था कि हर प्रयास असफल होता नज़र आ रहा था।

ड्राईगन घोड़े को हांकता हवेली तक आ पहुंचा, हवेली के साथ पूरा जंगल आग की लपटों में शामिल हो चुका था।

हर तरफ आग-ही-आग फैली हुई थी और जल रही सूखी झाड़ियां ड्राईगन का रास्ता रोक रही थीं। परंतु जो पहाड़ का सीना चीरता, शोलों के बीच राह निकालने की हिम्मत रखता हो, भला चिंगारी उसका क्या बिगाड़ सकती है?

वह घोड़े को और तेज़ गति से दौड़ाता, मौत का सीना चीरता आग की लपटों के पार कूद गया और शेरों की तरह दहाड़ता, इस पार से उस पार निकल गया।

खैर, हर मुश्किल बुलंद इरादों के सामने छोटी पड़ जाती है और रास्ता निहारे उस जिगर को सलाम करती है, जिस जिगर को हवेली पर लेकर सूरमा लोग धधकती भट्ठियों में भी कूद जाने से पीछे नहीं हटते। ड्राईगन भी उन फौलादी सीनों की गिनती में शामिल हो चुका था, परंतु यहां पर घोड़े की तारीफ़ न की जाए तो उसके साथ नाइंसाफी होगी, क्योंकि उसने भी ज़िंदगी और मौत की दौड़ में ज़िंदगी को जीत कर, मौत को पीछे छोड़ दिया था।

बाबा इंतजार की घड़ियां गिनते मौत से मोहलत लेकर उम्मीद का आखिरी दीया जलाए थे। जैसे-जैसे वक्त गुजरता जा रहा था उनकी सांसें थमती जा रही थीं।

खैर, शैनशिका से जितना बना, वह कोशिश कर रही थी। पर एकाएक अलिशा बेहोशी की हालत से उठी। उसने शैनशिका की गर्दन को कसकर पकड़ गाजर-मूली की तरह उसे तोड़ देना चाहा। अलिशा के इस आकस्मिक बर्ताव को शैनशिका समझ नहीं पाई, पर जॉन इन सारी बातों से अच्छी तरह वाकिफ़ था। अलिशा पर इस तरह का दौरा देख, यथाशीघ्र आगे बढ़कर उसने अलिशा को दबोचना चाहा, परंतु न जाने अलिशा के अंदर इतनी अपार शक्ति कहां से पैदा हो चुकी थी। उसने एक मामूली से झटके में ही उसे दूर फेंक दिया।

बाबा अल्तमस ने अधमरी हालत में ही मंत्र-शक्ति का उच्चारण

करते हुए अलिशा में समा गई प्रेत-शक्ति को प्रभावी होने से रोके रखा अन्यथा, थोड़ी देर और हो जाती तो शैनशिका का तो काम तमाम था।

जॉन ने तेज़ी से उठकर अलिशा को पुनः जंजीरों में जकड़ दिया, ताकि वह हमला दोहराया न जा सके।

उधर अलिशा का चेहरा बिल्कुल पीला पड़ता जा रहा था, जैसे चेहरे पर गाढ़ी पीली हल्दी पोत दी गई हो। जबकि उसका वास्तविक चेहरा खूब गोरा और खुशगवार था।

शैनशिका इस हमले से थोड़ा विचलित तो हो गई थी, किंतु खुद को संभालती पुनः खतरों से लड़ने के लिए तैनात थी। बाबा बेसहाय थकी निगाहों से वक्त को गुजरता देख घबराकर लंबी-लंबी सांसें खींच रहे थे।

ड्राईगन अपनी रफ़्तार में थोड़ी-सी कमी नहीं लाया था, पर जिसका डर था वही बात हुई।

हर तरफ खौफ़नाक चीखें और भयानक दृश्यों का मायाजाल आंखों के सामने फैल गया और ऐसा लगने लगा, अब-न-तब उसे मौत की जंजीरों में जकड़ दिया जाएगा। जबकि उसे न ही मौत का खौफ़ था और न ही इन बुरी आत्माओं का, बाबा अल्तमस की बातें अब तक कानों में गूंज रही थीं कि बुरी शक्ति हर तरह से तुम्हें पगभ्रमित करने की कोशिश करेगी, पर उन सभी का प्रतिकार कर आगे बढ़ते रहना, चाहे कुछ भी हो जाए। परंतु बुरे समय का क्या भरोसा, कब कैसा मोड़ पैदा कर दे। और मानो इन सभी भयानक दृश्यों का सामना करना उसके वश में तो था किंतु उसका घोड़ा इन मायावी दृश्यों को समझ नहीं पाया और अपने आगे के दोनों पैर उठाए वह एकाएक रुक गया और उसे आगे बढ़ाने का हर प्रयास समय का गला घोंटना जैसा मालूम पड़ रहा था। इस नयी मुसीबत का सामना करना बुरे वक्त की घोर चुनौती थी। क्योंकि मंजिल दूर थी और जिस हमसफ़र पर भरोसा था वह भी साथ छोड़ता नज़र आ रहा था। और न ही वह इतनी तेज़ दौड़ सकता था, जिसकी बराबरी घोड़े से की जा सके। यह एक नयी समस्या थी, जिसका हल ढूंढना मुश्किल लग रहा था। बुरे वक्त में ज्ञानेंद्रियां भी सही ढंग से काम नहीं कर पातीं, क्योंकि उन पर हमारा नियंत्रण ढीला हो जाता है। बाहरी शक्ति उस पर निरंतर हावी होती चली जा रही थी, जिसके फलस्वरूप ज़ेहन और भी सोचना

बंद कर चुका था और किसी एक बिंदु पर एकाग्र होकर चिंतन कर पाना मुश्किल लग रहा था।

खैर, जो इंसान बुरे वक्त में भी अपनी ज्ञानेंद्रियों और समझ का सही इस्तेमाल करता है, जीत उसी की होती है। इसलिए कानों में अंगुलियां डाल तत्पश्चात आंखों को बंद करता वह इन बिलखती चीखों और दृश्यों से दूर होकर एकाग्र मन से अपनी मंजिल की ओर बढ़ने का यत्न करने लगा। उसे एक तरकीब सूझी, क्यों न घोड़े की आंखों पर पट्टी बांध उसे इन दृश्यों से दूर किया जाए, ताकि न ही वह इन दृश्यों को देख सके और न ही विचलित होकर पगभ्रमित हो। इस प्रयोग को अंजाम दे यथाशीघ्र लगाम पर काबू करता, अपनी समझ पर दाद देता हुआ आगे बढ़ा। पर मुसीबतें यहीं नहीं खत्म हुईं। अब तो ऐसा लगने लगा, जैसे दौड़ती राहों में एकाएक कहीं खाई नज़र आती तो कभी ऊंची-ऊंची पहाड़ियां और कभी तो ऐसा लगता मानो लंबे-लंबे पेड़ टूटकर आ गिरेंगे, जिसमें या तो दबकर या फिर खाई में गिरकर मर जाने का डर था। जिसे देख विचलित होकर पीछे हट जाने का मन करता। पर वह जानता था कि यह सब कुछ हक़ीकत नहीं, बल्कि एक माया है। जिसमें पड़कर उसे न ही पगभ्रमित होना था और न ही हिम्मत को टूटने देना था। और बुरी शक्ति हद तो तब कर चुकी थी, ज़ब उसे भरमाया गया कि अलिशा आगे-आगे दौड़ती जा रही है, और एक भयानक-सी काली परछाईं एकाएक खंजर लिए सामने से आई और उसके सीने से आर-पार करती जोर से चिल्लाकर गायब हो गई तथा अलिशा दर्द से छटपटाती, रोकर सहायता के लिए पुकराने लगी। यह सब भ्रम था, मायाजाल, एक फरेब, एक सम्मोहन, एक मायावी धोखा, जो बुरी आत्माओं ने, प्रेतात्माओं ने उसे कर्म से विमुख करने के लिए रचा था, इसमें हक़ीकत का अंश नाममात्र को भी नहीं था।

खैर, इंसान कितना भी क्यों न समझ ले, यह सब कुछ एक भ्रम है किंतु ऐसे-ऐसे दृश्यों के सामने साधारण इंसान तो अवश्य ही घुटने टेक देगा, परंतु ड्राईगन के चेहरे पर अपनी बहन को कलपता देख कोई प्रतिक्रिया नहीं हुई और न ही उसकी मदद के लिए वह रुका, क्योंकि वह जानता था इन मायावी चलचित्रों में पड़कर खुद को मुसीबतों में नहीं

ढकेलना है। और सिर्फ़ इतना ही जानता था कि हर हाल में इस जंग को जीत कर जीवन को सार्थक बनाना है, चाहें इसके लिए खुद का बलिदान ही क्यों न देना पड़े। वह आत्मबलिदान के लिए तैयार था। बुरी शक्ति भी कब तक इंसान को डरा सकती है। जब उसे एहसास हो गया कि जिस खौफ़ के बल पर वह पूरी मानव जाति को डरा रहा था, आज वही मानव उसके घेरों में आकर भी उसे ही मात देने पर आमादा है, तब प्रमाणित हो गया था कि अगर मुश्किलें इंसान को घेर सकती हैं तो इंसान भी सही समझ और हिम्मत से लड़कर मुश्किलों के पार जा सकता है।

खैर, ड्राईगन एक कुशल कोचवान के साथ-साथ एक कुशल घुड़सवार भी था जो एक अंधे समान घोड़े को भी लगाम के सहारे काबू करता ऊंच-नीच अनजान जगहों पर भी रास्ता निकालता जंगल से दूर निकल गया। और अब अपनी मंजिल को करीब पाकर उसे थोड़ा संतोष भी हुआ।

ड्राईगन गांव की सीमाएं पार करता, हवा के संग धूल उड़ाता, हंसने वाली वादी की-सी सीमाओं को लांघता गांव के अंदर प्रवेश कर गया। सभी गांववासी गहरी नींद में खोए खर्राटे भर रहे थे।

घोड़ा अपने पग-चिह्नों को भांपता खुद को उल्लसित महसूस कर रहा था। उसने हिनहिनाहट की आवाज़ के साथ अपनी खुशी व्यक्त की और संकेत दिया कि वह अपने अस्तबल तक आ पहुंचा है। ड्राईगन घोड़े के रुकने से पहले ही उसकी पीठ से कूद पड़ा। वह कुटिया की तरफ दौड़ा और तिरछी निगाहों से एक बार में ही पूरी तरह मुआयना कर, काले वस्त्रों में लिपटी उस किताब को उठाकर पुनः घोड़े की तरफ दौड़ पड़ा। और उसी तेज़ी से घोड़े की पीठ पर दुबारा सवार हो उसने पुनः खंडहरों की दिशा में दौड़ने के लिए घोड़े को ऐड़ लगा दी। घोड़ा पुनः हवा से बातें करने लगा। वह भगवान का नाम जप रहा था। इधर बाबा की हालत नाजुक होती देख, दोनों की चिंता सातवें आसमां पर थी। दूसरी तरफ अलिशा को लेकर भी डर बनता जा रहा था कि कहीं ऐसा न हो कि प्रेत-शक्ति ज़्यादा देर शरीर में मौजूद रहने के कारण उसकी आत्मा उसके शरीर से संपर्क तोड़ दे, जिसके फलस्वरूप मौत भी हो सकती है। अगर ड्राईगन सही समय पर वापस आकर उस काली किताब को बाबा तक

पहुंचाने में कामयाब रहा तो ही कुछ संभव था। अन्यथा उसके बिना हर प्रयास पागलपन से कम नहीं था।

खैर, अब तो सब कुछ राम भरोसे था। इस वीरानी को देखकर ऐसा लगता है कि शायद खुदा ने इस रियासत का लेखा-जोखा, जंगल में भटक रही आत्माओं को दे रखा है। जिसके मुताबिक स्वयं आत्माओं ने ही अपनी किस्मत लिखी हो और अब चाहकर खुदा भी कुछ नहीं कर सकता। पर ड्राईगन की हिम्मत और बुलंदी को देख ऐसा मालूम पड़ता है कि शायद भगवान ने एक मोहरा भेजा है जो इंसानियत के हक में हवेली के वीरानी से आज़ाद कराने के लिए ही खासकर पैदा हुआ हो। जब तक बुरी आत्मा रैंडम की तांत्रिक-शक्ति से सबको मुक्त नहीं कर लिया जाता, तब तक कुछ भी कहना संभव नहीं है। वह यह भी भलीभांति जानता था कि इस बार खंडहर तक पहुंच पाना काल के मुंह में जाने के बराबर होगा। रैंडम ने अवश्य ही ऐसा मायाजाल बिछा रखा होगा, ऐसे भ्रमजाल की रचना करके रखी होगी जिससे बच निकलना शायद मुश्किल हो। तथा इस बार प्रेत-शक्ति गुजरे समय की तरह सिर्फ़ डराकर या दहशत फैलाकर ही अपना उल्लू सीधा नहीं करेगी, बल्कि इस बार वह जानलेवा हमला भी कर अपनी रियासत को बचाने की कोशिश करेगी। इसलिए इस बार वापसी में हिम्मत के साथ-साथ बुद्धि-विवेक से भी काम लेना होगा। अन्यथा इस जंग को जीतना तो दूर, हमारी लाश को पूछने वाला भी कोई नहीं मिलेगा। कालों के काल महाकाल देवादिदेव परमपिता परमात्मा को याद करता सफलता पाने की दुआएं करता ड्राईगन बिजली की तेज़ी से खंडहरों की तरफ घोड़े को दौड़ाने लगा।

रात्रि का अंतिम-चरण बीतने को था। सभी टकटकी लगाए, ड्राईगन की राह निहार रहे थे। बाबा की हालत तो ऐसी हो चुकी थी कि जैसे किसी की लाश फर्श पर पाड़ दी गई हो।

ड्राईगन पत्ते उड़ाता, चमचमाती तलवार को हाथ में लिए रात के अकेले और अंधेरेपन को चीरता हवा की विपरीत दिशा में चाल को और तेज़ करने के प्रयास में घोड़े के अंदर शब्दों का जोश भरकर, उसकी शक्ति को दोगुनी किए था कि एकाएक आसमां में चमगादड़ों और उल्लुओं का

झुंड फैल गया। मानों वे हमला करने के विचार से आए हों तथा दूसरी ओर जंगली बिल्लियों का झुंड रास्ता काटते हुए न जाने कहां से आया और देखते-ही-देखते ओझल भी हो गया, यह एक तरह से आने वाले खतरों का संकेत था। जैसे-जैसे हवेली नज़दीक आती जा रही थी ड्राईगन की घबराहट भी बढ़ती जा रही थी कि न जाने क्या होने वाला हैं?

कंटककीर्ण रास्तों और पगडंडियों पर घोड़े को दौड़ाना भी कोई आसान काम नहीं था।

अब हवेली पुनः ठीक सामने थी और जलती आग में उसका बनता-बिगड़ता प्रतिबिंब बड़ा अजीब लग रहा था। जितनी जल्दी यहां से निकल लिया जाए, यह सोच वह घोड़े की लगाम खींच उसे तेज़ी से निकल जाने का आदेश दे रहा था। पर हमेशा की तरह रोने और चीखने की आवाज़ें पुनः गूंजने लगी थीं।

अचानक पीछे से किसी ने ड्राईगन की गर्दन को पकड़ उसे घोड़े से उतार फेंका किंतु लगाम को कसकर पकड़े रहने के कारण घोड़े के साथ धरती से रगड़ खाता वह घिसटता चला जा रहा था। दूसरी ओर जैसे इस ताक में चमगादड़ मंडरा रहे थे कि कब उन्हें इज़ाजत मिले और वे अपने पैने दांतों से उसके जिस्म की बोटी-बोटी नोच लें। पर ड्राईगन चौकन्ना था और अपनी तलवार को भांजता एक हाथ से हर मुसीबत को परे कर रहा था और दूसरे हाथ से घोड़े पर पुनः सवार होने के लिए प्रयासरत था। लेकिन यह सब कर पाना इतना आसान नहीं था। किंतु घोड़ा अपनी चाल में कोई कमी नहीं लाया। फलस्वरूप वह घिसटते हुए ही पल भर में हवेली के जंगली अहाते से दूर हो गया। कह लीजिए, बुरी आत्मा के महल की सीमा-रेखा के पार हो गया।

खैर, यह प्रक्रिया लगातार जारी रही और उसका जिस्म पथरीले रास्तों पर रगड़ खाता खून की होली खेल गया। जख्मों पर एक और एक जख्म कितना दर्दनाक था, कहना मुश्किल है।

चमगादड़ों ने गर्म लहू की गंध पाते ही और तेज़ गति से हमला करते हुए चिंघाड़ते हुए दशहत फैला दी। इस असहनीय दर्द को सब्र के साथ बर्दाश्त करता, यहां से निकलकर खंडहर तक जा पहुंचने की उम्मीद लिए, वह उस वक्त का इंतजार कर रहा था कि किसी तरह काली किताब

को बाबा के हवाले कर दे और उसके बाद अगर मौत से भी लड़ना पड़े तो वह जूझ जाए। और इस तरह लगाम को कसकर थामे हर जख्म को सहता घिसटता हुआ वह हवेली से दूर होता गया। खंडहर नज़दीक आ गया एवं इस सफलता को नज़दीक पाकर उसका उत्साह दुगुना हो गया था। इस आखिरी इम्तिहान को जीतकर वह खंडहर तक आ ही पहुंचा और तेज़ ध्वनि से 'मैं आ गया, मैं आ गया', जैसे वाक्यों का उच्चारण कर, बाबा को धैर्य बनाए रखने के लिए प्रोत्साहित करने लगा।

सभी ने दूर से आ रहे घोड़े की टाप और ड्राईगन की आवाज़ सुनी, लगा जैसे मौत के अंधेरों में जीवन की रोशनी शाया हो गई हो।

जॉन तेज़ कदमों से दौड़ता खंडहर से बाहर ड्राईगन की तरफ भागा और अपने भाई को घिसटता हुआ आता देख, घोड़े की लगाम को कसकर पकड़ के लटक गया। और घोड़े की चाल को विराम देकर उसे संतुलित कर लिया। इससे पहले कि वह स्वयं कोई सवाल करे ड्राईगन स्वयं ही पूछ बैठा, "बाबा की हालत कैसी है?"

जॉन ने थके-थके लफ़्जों में उत्तर दिया, "कुछ ठीक नहीं है। बस मौत से थोड़ी देर की मोहलत लिए, आपके इंतजार में हैं और हमें जल्द ही कुछ करना है, अन्यथा बाबा को मौत से बचाना तो मुश्किल है। अगर वक्त रहते प्रेत-श्रापित इन जगहों को मुक्त नहीं किया गया तो अलिशा को बचाना भी मुश्किल हो जाएगा और सदा-सदा के लिए वीरानगी हम सभी को कब्र की गोद में सुला देगी।"

जॉन कंधे का सहारा देता ड्राईगन के हौंसले को बनाए रख आगे बढ़ा और तेज़ कदमों से खंडहर में उस जगह चला आया, जहां बाबा फर्श पर पड़े तड़प रहे थे।

बाबा अलतमश ने ड्राईगन को देखकर हलकी मुस्कान के साथ दिल में दबी बात को आंखों-ही-आंखों में अपनी नेत्र-ज्योति की तेज़ चमक से ज़ाहिर किया, "मैं जानता था, तुम मेरें वादों को पूरा किए बगैर मुझे मरने नहीं दोगे।" उस काली किताब को पाकर जैसे उनके जिस्म में खोई जान दुबारा लौट आई हो।

शैनशिका अपने बाबा की बाजुओं को थामे, उन्हें उठाती हुई हवन-कुंड के नज़दीक ले गई।

बाबा किसी तरह उठकर आसन की मुद्रा में बैठ गए। शैनशिका को दूर हट जाने को कहा और मंत्र-शक्ति से अग्नि-देवता का आह्वान करते, आग को प्रज्वलित कर सम्मोहन-शक्ति की काट में जुट गए। सभी अलिशा के करीब इस आखिरी घड़ी को बुलंदी पर ले जाने के लिए ईश्वर की दुआएं मांगने लगे। जैसे-जैसे ब्रह्म-विद्या के मांत्रिक मंत्र बाबा के बुदबुदाते होंठों से बाहर निकल हवा में गुंजरित होते हुए तैरने लगे तो हर तरफ एक जबरदस्त बवंडर-सा छा गया। हवाएं तेज़ हो आंधियों से, तूफ़ान में बदल गईं। लगा जैसे हवेली और खंडहर के साथ पूरा जंगल ही उड़ जाएगा।

उधर बाबा काली किताब से मंत्रों का पाठ (उच्चार) कर रहे थे, इधर हवा इतनी तेज़ बहने लगी थी कि आंख खुले रख पाना भी चुनौतियों से कम नहीं था। हर तरफ धूल और सूखे पत्तों ने जंगल को ढंक लिया था और पेड़ों की टहनियां आपस में टकरा-टकराकर बर्बादी की चादर बुन रही थीं।

तूफ़ान इतना भयानक हो चला था कि खंडहर की बची दीवारें भी भरभराकर के कगार पर आ पहुंची थी। सभी एक-दूसरे का हाथ पकड़, इस आखिरी बर्बादी से रू-ब-रू होते, हालात के सामने खुद को टिकाए हुए थे।

आसमां में एकाएक जोरों की बिजली चमकी और जोरदार तरीके से आवाज़ इतनी तेज़ हुई कि जैसे धरती का सीना फट गया हो। सब कुछ इतना जल्द हुआ कि थोड़ी देर के लिए पूरा शरीर सुन्न पड़ गया था। अचानक एक तेज़ झटका लगा और उसने सभी को एक दूजे से अलग कर दूर फेंक दिया। पर पुनः कुछ इस तरह शांत हो गया कि जैसे कुछ हुआ ही नहीं। तेज़ धूल भरी आंधी तथा काले पानी ले बादलों के मूसलाधार बरसने के बाद जिस तरह आसमां एकदम शांत नीला-नीला, धुला-धुला-सा नज़र आने लगता है, अब अंबर ऐसा ही शांत नीला नज़र आने लगा था।

ड्राईगन खुद को संभालता, दौड़ता बाबा के करीब गया परंतु अब सब कुछ खत्म होने के कगार पर था।

अलिशा विलाप करती रही थी, बाबा के हाथों को थामे उनसे मौत से दूर रहने का आदेश दे रही थी, परंतु बाबा थके लफ़्जों में कह रहे थे, "मुझे अब मत रोक, आज कितनी मन्नतों के बाद तो खुशियों भरा दिन आया है और दूर एलिना मेरा इंतजार कर रही है। मुझे जाने दो। वर्षों पहले खोया अपना प्यार मुझे एक बार पुनः पाने दो। मैं ड्राईगन का अहसान मंद हूं, जिसने हर मोड़ पर इस जंग को जीतने में साथ दिया है, अन्यथा अपने प्यार से किए वादों को मैं कभी पूरा नहीं कर सकता था।" इस पर ड्राईगन बोला, "एक तरफ तो पुत्र कहकर रिश्ते बनाते हो और दूसरी तरफ मुझे अहसानमंद बनाकर उसी रिश्ते को तोड़ देना चाहते हो, क्यों?"

"नहीं ऐसी बात नहीं है। जो हक़ीकत है, बस उसे मैं सामने ला रहा हूं। तुम्हारे एक प्रश्न का जवाब मैं नहीं दे सका था। उसे यह कहकर वक्त के हवाले छोड़ दिया था कि वक्त आने पर तुम्हें स्वयं जवाब मिल जाएगा। आज वक्त ने उसे भी सुलझा दिया है। हवेली से चीखने और चिल्लाने की आवाज़ें मनुष्यों की नहीं, बल्कि उन सभी आत्माओं की थीं। जो रैंडम की खिलाफत करती थीं और जिन्हें रैंडम ने सज़ा-ए-मौत दे सुला दिया था। उन्हीं आत्माओं के तड़पने और विलाप करने की आवाज़ें हवेली से आया करती थीं। लेकिन अब वे आज़ाद हो चुकी हैं। तुम्हें याद होगा, जिस दिन तुम एक स्त्री का पीछा करते हवेली तक गए थे और उसे पकड़ लेने की चाह में खुद को समर्पित कर गहरी चोट के साथ बेहोश हो गए थे और होश आने पर खुद को जंगल में न पाकर अपनी ही गाड़ी में पाकर चकित हो गए थे, तो उन सारी घटनाओं को अंजाम देने वाली कोई और नहीं, बल्कि एलिना ही थी। जो तुम्हें बचाकर ले गई थी और रैंडम की नज़रों में गुनहगार बन गई थी, उसके द्वारा दी जाने वाली सजाओं की भुक्त-भोगिनी। खैर, जब तुमने इन आत्माओं को आज़ाद करने में इतनी मदद की है तो एक और उपकार कर दो, मेरे सिर का बोझ हलका कर, मुझे अब विदा कर दो।"

बाबा ने शैनशिका का हाथ ड्राईगन के हाथों में देते हुए कहा, "तुमसे अच्छा जीवन साथी इसके लिए कोई और नहीं हो सकता है,

इसलिए मेरी प्रार्थना को स्वीकार कर मुझे कन्यादान के इस ऋणभार से मुक्त कर मुझ पर एक एहसान और कर दो।"

बाबा के शब्द लड़खड़ाने लगे थे और सांसें धीमी पड़ती जा रही थीं।

ड्राईगन हां भरता, उन्हें तसल्ली दे रहा था। बाबा के लिए अब ज़िंदगी दूर और मौत करीब लगने लगी थी। इन आखिरी शब्दों में सबको दुआओं से नवाजते हुए सदा-सदा के लिए बाबा सो गए।

दुनिया की हर खुशियां तुम्हारे साथ हों।
तुम्हारे आंगन में फूलों की बरसात हो॥
हम हों न हों इस दुनिया में मगर।
मेरी दुआएं तुम सभी के साथ हों॥

अब वक्त ने एक नया सवेरा लिए उस इलाके की वीरानगी को दूर किया और सूर्य की पवित्र रोशनी जंगल को रोशन करती सब ओर छितर गई। दिन चढ़ने लगा, चिड़ियों की चहचकार से जंगल जाग उठा और उजाला होता चला गया। बहती हवाओं में, बीते लम्हों की खुशबू और डरावनी संवेदना तथा बाबा की याद अभी भी बाकी थी, जिन्हें महसूस कर आज भी शैनशिका और ड्राईगन की पलकें आंसुओं में तर-बतर हो उठती हैं। शायद हर इंसान इसी धुन को गुनगुनाता जीवन गुजार देता है कि ज़िंदगी चंद ख्वाबों के हसीन लम्हें हैं और मौत ज़िंदगी का आखिरी सपना हैं।

•••